Janeiro

Janeiro
Sara Gallardo

tradução de
Ellen Maria Vasconcellos

© Moinhos, 2021.
© Herederos de Sara Gallardo, 1958.

Edição: Camila Araujo & Nathan Matos
Assistente Editorial: Karol Guerra
Tradução: Ellen Maria Vasconcellos
Revisão: Ana Kércia Falconeri
Capa: Sergio Ricardo
Projeto Gráfico e Diagramação: Luís Otávio Ferreira

Nesta edição, respeitou-se o Novo Acordo Ortográfico da Língua Portuguesa.
Dados Internacionais de Catalogação na Publicação (CIP) de acordo com ISBD
G163j
Gallardo, Sara
 Janeiro / Sara Gallardo ; traduzido por Ellen Maria Vasconcellos.
- Belo Horizonte : Moinhos, 2021.
 96 p. ; 14cm x 21cm.

Tradução de: Enero
ISBN: 978-65-5681-066-9

1. Literatura argentina. 2. Romance. I. Vasconcelos, Ellen Maria. II. Título.
2021-1179   CDD 868.99323   CDU 821.134.2(82)-31
Elaborado por Vagner Rodolfo da Silva - CRB-8/9410

Todos os direitos desta edição reservados à Editora Moinhos
www.editoramoinhos.com.br
contato@editoramoinhos.com.br
Facebook.com/EditoraMoinhos
Twitter.com/EditoraMoinhos
Instagram.com/EditoraMoinhos

Programa Sur

Obra editada en el marco del Programa Sur de Apoyo a las Traducciones del Ministerio de Relaciones Exteriores, Comercio Internacional y Culto de la República Argentina

Obra editada no âmbito do Programa Sur de Apoio às Traduções do Ministério das Relações Exteriores, Comércio Internacional e Culto da República Argentina

A Luis Pico Estrada

01 "Falam sobre a colheita e não sabem que, quando ela chegar, já não vai ter jeito – pensa Nefer –; todos os que estão aqui, e muitos mais, vão saber, e ninguém falará sobre outro assunto." A angústia lhe embaça os olhos e lentamente torce sua cabeça, enquanto com a mão rastela modestos rebanhos de farelos pelo tecido gasto da toalha de mesa. Seu pai acaba de dizer alguma coisa sobre a colheita e estica o braço pedindo o pano de prato que enxuga alternando mãos e bocas, e que a mãe lhe entrega, atropelando em sua pressa um cachorro que gane e se refugia debaixo do banco. Ao caminhar, sua sombra vaga entre as sombras dos que comem, efeito da luz do lampião fixo na parede. "Logo vai chegar o dia em que minha barriga começará a crescer", pensa Nefer. Os insetos vibram, se alvoroçam e chocam contra o vidro do lampião, voltam a subir pelo cano, voltam a se queimar e a cair, e ninguém a vê, imóvel em seu canto, enquanto comem inclinados sobre seus pratos e ouvem de vez em quando as frases trocadas de seu Pedro com o turco, que acaba de soltar os cavalos do coche e traga sua sopa assoprando de vez em quando.

– Vacas leiteiras – disse o turco – umas cem... lindas...
– Onde você disse que topou com elas, Nemi? – perguntou Dona Maria.

— Lá no cruzamento, mais ou menos. Iam para a feira, penso eu...

— Sim, amanhã tem feira... Mas de quem serão...? Você não ouviu, Juan, alguém dizendo em mandar o rebanho para feira amanhã?

Juan boceja e, sem ouvi-la, crava seus olhos lacrimejados no lampião.

— Juan!

— Sim, senhora...! — Faz pouco tempo que ele trabalha no rancho e não gosta de parecer sonso.

Nefer pensa que até que há uma distância significativa entre a mesa e seu corpo, mas que há de chegar o momento em que lhe seja difícil passar entre os bancos para chegar onde está. "Mas para essa data, já não vou comer aqui... Quem sabe se até lá não estarei morta..." e se imagina rodeada de flores e gente triste, e o Negro apoiado na porta com a cara séria e os olhos, por fim, postos sobre ela. "Mas é mais provável que ele olhe para Alzira", reflete com desânimo, e a vontade de morrer passa enquanto contempla a sua irmã que coça pensativamente seu braço, enquanto espera que o turco termine de comer para levar seu prato.

As sombras trepam pela parede áspera e se unem à escuridão do teto onde a palha pousa esticada, lisa, como em um penteado. Alzira liga o rádio e passa de estação a estação até que se detém em uma audição cômica onde um falso italiano trava um diálogo a gritos com alguém.

Como se falasse ao lado de uma cachoeira, seu Pedro puxa novamente a conversa com o turco:

— Então quer dizer que vendeu caro...?

— Caro, sim, bastante, mas como eu mesmo digo, se a colheita é boa, barata vai custar...

"A colheita, é impossível que ela chegue sem que todo mundo fique sabendo." Um grito forte lhe sobe, é impedida pelos dentes e volta a baixar sem ter saído. Quer tomar um ar um momento, não mais que isso, sair dessa cozinha onde o calor do lampião banha todas as caras e o rádio faz que o ar vibre, enquanto Dona Maria dá risada com Alzira das piadas dos locutores.

Mas para sair, tem que fazer levantar os que estão, como ela, sentados no banco, de costas para a parede, e além disso, explicar o motivo de querer sair. Não, qualquer coisa antes de chamar atenção; talvez tomando vinho se sinta melhor. Estica o braço, apanha a garrafa que seu Pedro acaba de pousar na mesa, a leva aos lábios e toma, fechando os olhos; depois, empurra a janelinha que fica a seu lado no cômodo e um pouco de ar fresco lhe incide em seu rosto. Inclinando, busca a luz longínqua de "Santa Rosa", mas não vê mais que a folhagem de uma árvore vizinha.

"Se Negro soubesse que é seu, que é seu, talvez me olhasse, talvez me quisesse e se casaria comigo, talvez iríamos os três em uma charrete até um rancho longe, e viveríamos para sempre.

Mas não é seu... Sim, sim, é dele, é dele... Não, não é seu... Mas é culpa do Negro, a culpa sim é toda dele." O que pode fazer uma menina, sozinha no campo, em um campo tão extenso e tão verde, todo plano, com trens que vão a cidades e voltam quem sabe de onde? O que pode fazer?

As ricas são outra coisa. Pensa em Luísa, que a essa hora se sentaria na sala de jantar de sua estância. Sua mãe teria dito algo como: "Estas são todas assim, se deitam com qualquer um, mas ninguém sabe de nada. Elas sabem se virar." Seria certo? Mas ela, ela, Deus, ela, o que tinha feito? Nada, não se lembrava, não importava, era como um sonho, e agora, entre toda essa gente tranquila no meio da vida está ela, angustiada e com medo.

Porque não é possível voltar atrás, o tempo vem e tudo cresce, e depois de crescer, vem a morte. Mas para trás não é permitido andar.

E o Negro, quando souber, quando lá no rancho, a Edilia contar – e que língua afiada e risinho irônico ela tem – ele talvez sorrisse, talvez fizesse uma piada... não, ah, não, e era sua culpa, era culpa do Negro, porque ela nem sabia como tinha sido, mas sabia que era culpa do Negro.

Pensa que se tivesse sido possível não o conhecer, e então é como se voltasse àquele dia em que o viu pela primeira vez. Sente, de novo, a frescura do ar que a brisa lhe trazia. A família inteira foi até o rodeio, porque fazia muito que não se organizava um com prêmio tão altos. Seu primo, um loiro magrelo de pernas tortas, tinha possibilidades de sair vencedor. Nefer se lembra de quase ter que fechar os olhos para conseguir vê-lo montar, tamanha distância. Ela volta a ver o corpo sacudindo sobre a sela e seu braço indeciso que não se atrevia a soltar o látego. Detrás dela alguém disse:

– Lindo prêmio vai ganhar se seguir castigando o cavalo assim tão forte...

Várias risadas concordaram com a piada. Nefer, humilhada por seu primo, girou com desprezo para enfrentar o burlador, e quando o viu, com a perna indolente cruzada na sela e o cigarro na boca, baixou os olhos. Foi a primeira vez que viu Negro Ramos, mas sua fama de ginete já o precedia.

– Nefer! Estão falando com você, não seja néscia. Está dormindo?

Ao virar outra vez, vê os grandes bigodes de Nemi Bleis inclinado sobre ela e, para não pensar em quanto será que ele já falou sem que ela o ouvisse, fixa seus olhos na quantidade de veias que se cruzam no nariz do turco.

– Como dizia? – pergunta.

– Pergunto se rendeu o tecido que lhe vendi outro dia, para o casamento de sua irmã; o de flores, se lembra?
– Sim, como não, ficou ótimo, sim.

Foi justo no casamento da Porota quando começou sua desgraça. Como não lembraria da festa em casa, do dia de calor, das churrasqueiras entre o galpão e o curral, e Negro chegando com o alazão que domava. Tinha desejado que chegasse o casamento da Porota por ele, tinha costurado o vestido para ele, e antes ainda, quando o turco chegou com sua carga de mercadorias, escolheu o tecido de flores porque pensou que ele gostaria dele.

Fazer os remendos nas calcinhas furadas de suor e do roce com os estribos é enfadonho; cerzir camisas é entediante, mas o vestido, o vestido mil vezes pensado, provado, desfeito e refeito, com sua forma definitiva aparecendo entre as mãos, o vestido é outra coisa.

Lembra como se dispôs a passá-lo, a atenção que colocou no ferro de brasas, e depois quando colocou o vestido no pátio para que o ar lhe desse frescor e vida.

Se não fosse porque na estância "O Retiro" tinha chamado a um padre para a missa de um santo, os noivos teriam que ter ido até a cidade para se casar. De ônibus teriam ido, alguma quarta-feira, muito alinhados, com o vestido da Porota pendurado em um cabide. Mas com a vinda do padre, puderam se casar na capela mesmo, em frente ao bar, e a festa poderia ser em casa.

Porota e Alzira foram até a cidade para fazer permanente no cabelo e voltaram como carneirinhos, enquanto Nefer passava as roupas. Lembra claramente; tinha passado esse vestido com tanto cuidado que, só de pensar, lhe volta a vontade de chorar.

Todo o tempo que esperou, e, de repente, entre dois ou três ginetes, o viu chegar com seu facão de prata cruzado na cintura. O trote fazia tilintar os botões de seu cinto resplandecente e Nefer, ah, Nefer cevando mate para as visitas com sua irmã, ela não viu, ficou de costas, queimou as mãos com a água que vertia, mas ouviu – durante um momento, ela não foi mais que ouvidos – como ele desmontava, como atava o cavalo, as piadas que trocou com os amigos, os passos que cruzou no pátio para entrar à cozinha e cumprimentar a todos. Quando chegou sua vez, respondeu muito rápido: bem-obrigada-e-o-senhor, e depois lhe ofereceu mate com os olhos baixos.

Chegou a hora do almoço, servir os convidados, ir e vir, o calor, as brasas latejando na terra onde os churrasqueiros suavam; os homens se inclinavam a cortar lentamente seus pedaços; havia vinho, havia empanadas – durante toda a véspera prepararam com a mãe e as primas –, o sol castigava sobre o pátio de chão batido, as caras estavam vermelhas sob a sombra das taleiras, Jacinto começou a tocar uma música alegre no acordeão que enchia o ar da manhã. Mas ela, Nefer com a travessa das empanadas ou a bandeja de carne, Nefer com o vinho ou oferecendo biscoitinhos, tinha olhos nas costas, nos braços, na nuca, em todo o corpo, e sem olhá-lo, observou Negro constantemente. Ela o viu quando se agachou entre os amigos e comeu com seu facão um grande pedaço de carne, um bocado e outro, asseadamente e sem pressa, sorrindo às vezes e falando outras.

O dia todo passou assim, com o Negro no centro. E ao lado dele, Delia.

Se Nefer não tivesse as unhas gastas até a carne pelo trabalho; se não fosse irmã da noiva; se não fosse ela mesma, como teria despedaçado essa cara com as próprias mãos, esse corpo odiado, como teria acabado com essa risada de anhuma! Moída a bofetadas, teria feito que ela rolasse pela terra, teria lhe agarrado pelos cabelos e amarrado ao rabo de um potro, teria lhe pendurado pelos pés, nua sobre o fogo, e por fim, carbonizada, desfeita, teria dado seu pó aos carunchos, aos cachorros, às doninhas e às raposas.

Ah, Delia, filha do dono do bar, toda impecável e desenvolta.

Como essas cicatrizes pálidas se faziam vermelhas com um mínimo de esforço, a cara de sua avó se iluminava em seu sangue. Mal a conhecera, mas sabia que ela estava viva dentro de Nefer. Sua avó vagando pelas lagoas de Carhué e pelos campos de areia, ainda menina nas tendas do Oeste; sua avó escura e sem cabelos brancos, morta aos cem anos e sábia nas palavras terríveis. Mamãe não falava dela porque seu sangue tinha chegado da Itália com seus pais; papai não necessitava mencioná-la e as netas também não.

O que é o dia, o que é o mundo quando tudo se desestabiliza dentro de alguém? O céu escurece, as casas crescem, se condensam, tropeçam umas nas outras, as vozes se alteram, aumentam, são uma só voz. Chega! Quem grita assim? A alma está negra, a alma como o campo em tempestade, sem uma luz, calada como um morto debaixo da terra.

Nefer sai com o mate nas mãos. No galpão, dançam todos há um bom tempo e ela mesma dançou com muitos debaixo da luz forte dos lampiões. Agora corre, fugindo. Nicolás, o que trabalha nas linhas do trem, lhe chama "Nefer", cruzando enormemente em seu caminho. Ela então para.

– O que você tem aí? Mate?

Nefer o vê, mas não vê sua cara, não vê seus bigodes, só vê Delia com Negro, dançando e rindo. Diz sim, assim como teria dito não. O homem então diz:

– Me serve um? Estou com sede.

– Está seco já; tenho que trocar a erva.

Por sua face escorrem lágrimas, mas ele não sabe. O homem bebeu vinho, se nota pelo cheiro, ela o viu essa tarde rindo e falando.

Ele a agarra por um braço e os espinhos do mato cravam em suas costas. O homem tem bigode e cheiro de vinho, faz calor, as ramas dos arbustos são um mundo, Negro está com Delia, o homem sua, faz calor, me afogo, ah, Negro, o que você fez, olha meu vestido, era para você. Durante meses esperei este dia para convidar você...

Duas garrafas se chocam quando seu Pedro empurra a mesa para que o turco possa levantar e sair com mais facilidade. Acabou a comida e Juan se levanta murmurando "com licença" enquanto limpa seus dentes com a ponta de uma faca.

Nefer espera que o banco se esvazie para sair; sua mãe verte água fervente em uma bacia cheia de pratos e talheres ensaboados que Alzira seca e guarda à medida em que vão sendo lavados, e Nefer busca um pano para correr em lentos círculos as sobras dispersas na mesa, fazendo-as deslizar até a borda, onde caem no chão e os cachorros e as galinhas brigam em disputa por elas.

– Vamos, guria, encontra alguma coisa no rádio – diz a mãe, porque a audição cômica já cedeu lugar a um tema musical que abre uma novela cheia de suspiros.

– Essa – diz Alzira –, deixa essa. É Claudia Reyes.

Nefer deixa na estação e volta ao pano, mas logo o abandona também e sai até a noite, se apoia em uma árvore e vomita. Uma força dolorosa lhe contorce, nubla seus olhos e arde em sua garganta, e a angústia lateja em seus ouvidos. Longe, um trem passa sem cessar pela planície em sombras.

"Morrer – pensa – seria melhor", e respira ansiando sob o sussurro da árvore. Dali vê Nemi Bleis entrando com suas mantas no quarto onde Juan se desveste à luz de uma vela, e seu Pedro que dá a volta pela casa em sua última ronda. A moldura de luz que a porta da cozinha forma sobre o pátio se corrompe por uma sombra grossa.

– Nefer! – grita Dona Maria – Nefer!

– Já vou.

Antes de entrar, gira e olha para o horizonte, a luzinha imóvel de "Santa Rosa" onde Negro estaria acabando de jantar. Mais ao Oeste, o bosque da estância dorme como um grande barco sombrio, protetor dos outeiros dos ranchos, que um depois do outro apagam suas luzes e vão fundindo-se com a planície.

02 Prefere esperar de pé no sol brando da manhã, até que a senhora apareça com suas inumeráveis palavras que surgem entrechocando-se, e não entrar na cozinha ainda onde tantas pessoas lhe oferecerão coisas e a farão sentar.

Pensa que, hoje, isso que a enche e a afoga se rebate contra as paredes e se volta contra ela insuportavelmente, e, por isso, prefere apoiar-se em uma árvore, agachada sobre a terra que, a partir de seus pés, corre sem variações até o horizonte, e deixar que seus olhos se detenham em cada pelo, em cada mudança na geografia do lombo do cachorro que acaricia.

Além disso não. Nem o parque, nem as flores, nem a planície, ou as janelas da casa onde alguém se assoma: não interessa nada além deste permanecer no imediato.

A cozinheira aparece:

– Guria – grita –, a senhora está pedindo para você entrar, que a espere aqui!

– Não, obrigada – responde em tom baixo –; estou bem aqui, estou...

– Venha, que te sirvo um pão com manteiga. O que você vai ficar fazendo aí com o cachorro? Não tem que ser tão teimosa, menina.

Deixa o cachorro e se aproxima, com o raminho que usou de chicote debaixo do braço.

– E isso? Deixa fora, não precisamos de lixo aqui dentro.

Abandona o ramo e entra. Já conhece o cheiro da cozinha, com a mucama cerzindo meias debaixo da janela, o ajudante lustrando os talheres como um imperturbável poste pálido, a cozinheira com um avental xadrez sobre a barrigona cheia.

– Bom dia – murmura.
– Dia.
– Sente-se, menina.

É estrangeira nesta grande cozinha vermelha aonde lhe chamou a madrinha, a senhora Mercedes. Para quê? Já nada lhe interessa mais que isto que enche seus dias e suas noites como um fungo negro e crescente, e que talvez já até se note às vistas. Nefer se aferra nas alpargatas usadas como em dois barquinhos cinzas sobre a baldosa, ou em suas mãos cruzadas no colo, ou em seu cabelo queimado pelo permanente.

– Você é a Alzira, a Porota ou a outra? – pergunta a mucama.
– A Nefer, sou eu.
– Mas como está pálida, hein?, magrinha... Por que você não aprende com sua irmã?

Sorri apenas, um escasso sorrisinho sério e olha para suas mãos, curtidas e cruzadas consolando-se uma à outra.

– Que senhora mandou te chamar?
– Dona Mercedes, que me disse para vir hoje.
– Ah, porque a senhora mais velha está doente. Toma, come um pouco para ver se você fica mais rosadinha.
– Obrigada.

A porta se abre e Luísa, com lenço no pescoço e um livro na mão, se assoma e entra.

– Dia – diz –; como está, Nefer?
– Bem-obrigada. E a senhora?
– Bom dia, menina Luísa – diz didaticamente o ajudante.

Ela se senta sobre a mesa e cruza as pernas, acolchoadas em umas calças com as que, como o pai de Nefer, "se parece a um quero-quero magrelo".

– Como estão por sua casa? – pergunta.
– Bem estão, obrigada, mandam lembranças.
– Obrigada. Seu pai está fazendo meu rebenque?
– Não sei, não.
– Isso quer dizer que não está. Já estou por passar lá para fazê-lo se lembrar.
– Como não, vá sim – Nefer sorri.
– Por favor, que horas são? – diz Luísa.
– São as dez, menina.
– Ah, bom, tenho tempo. Até logo. – E sai.

Nefer volta a sorrir. Muitas vezes, de lá do rancho, vê Luísa passar galopando rodeada de seus cachorros.

Mastiga lentamente e o gosto da manteiga lhe dá certa esperança.

– Ai, menina, poderia ao menos lavar as mãos antes de comer – diz a mucama –, olha que imundície. – E Nefer olha suas cinco unhas negras sobre a casca do pão.

A voz de dona Mercedes precede sua chegada e Nefer se apressa para engolir; quando a porta abre, deixa, com certo embaraço, o pão sobre a toalha de mesa e se coloca de pé. Dona Mercedes aparece como uma esfera com dois parênteses rosados de braços.

– Como está, minha filha? – diz –; siga comendo, não pare. Sua família bem, não? Faz pouco que passou seu aniversário, não é certo? Quantos anos fez?
– Dezesseis, eu fiz, senhora.

– Dezesseis, é verdade, Alzira, dezoito, não? E Porota? Como está? Não espera família?
– Não sei, senhora.
Os sapatos da senhora vieram do jardim e estão contornados de barro. Um barro limpo, pensa Nefer; é estranho, mas limpo.
– Três meses que se casou, já poderia haver novidades, hein? – A senhora ri e pousa uma mão com dois anéis sobre seu peito gordo.
– E... – diz a cozinheira – há de andar com cuidado, a vida está cara... – E lança uma gargalhada parecida ao ruído de dez panelas desmoronando-se. O ajudante se levanta com dignidade e se retira do recinto; a senhora se burla dele com uma piscadela e segue sua fala:
– Então estão todos bem, certo? Bom, olha, preparei para você um presentinho de aniversário já que sou sua madrinha.
– Obrigada, senhora – murmura e não se atreve nem mesmo a olhar o pacote branco que tem em suas mãos –; por que a senhora se incomodou com isso?
– Pelo contrário, é de muito gosto. Você viu? Amanhã começa a missão – o coração de Nefer se espessa –; sua mãe já sabe. Estive com ela, ah, é verdade, você também estava lá. Irão todos, me imagino; bom, já sabe. Você trabalha cedo amanhã no tambo? Na ordenha?
– Sim, senhora.
– Bom, então pode tomar algo de líquido como desjejum antes de comungar. Líquido, hein? Nada de biscoito. Só algo quente, café com leite ou mate para não se sentir tão fraca; já adverti sua mãe. Não sei que sacerdote virá, mas seguramente será um tão bom quanto todos. Você fez a primeira comunhão, não? Sim, já me lembrei. Bom, a portar-se como bons cristãos, hein? De bons modos, já que é

somente uma vez por ano que temos a sorte de ter aqui ao Nosso Senhor, hein?

Nefer sente que o cômodo dá voltas e aperta entre as mãos o pacote estrepitoso. As regras de civilidade inculcadas pela mãe lhe impedem de abri-lo, pois um presente se agradece, seja o que for. Mas dona Mercedes quer ver a reação, agarra o pacote, o desfaz sobre a mesa e desembrulha um tricô vermelho com botões de vidro.

– O que acha? Você gosta?

A Nefer lhe pareceu sublime, mas faz com que seu rosto não expresse a alegria sentida.

– Sim, senhora, obrigada. – Pensa que o vestirá amanhã, que Negro deverá vê-la... mas em um instante, volta a se assombrar, o fungo negro se incha dentro dela até a garganta, e olha como a senhora mede a manga do casaco sobre seu braço.

– Agora, sim, que estará linda – diz a cozinheira enquanto dona Mercedes refaz o pacote e Nefer, com os braços pendurados, lhe deixa medir quase sem notá-la.

Depois vai embora, esquivando os fenos com lentidão, e seus olhos sobem lentamente pela crineira como uma escova de piaçaba, chegam até as orelhas, imperturbáveis de tão dóceis, voltam a baixar até o garrote onde uma grossa crina termina esparramada pelo pescoço.

Antes, quando era alegre – agora sabe que já foi –, seu olhar corria longe, ia de um bosque, de um moinho, a uma tropa de cavalos, a uma charrete pelo caminho. Agora não, os olhos se fizeram mais pesados como a alma, e se lhe perguntassem o que ela vê, diria minha mão, o garfo, a toalha, o prato e nada mais. Para dizer a verdade, nem isso vê. Nem sequer isso.

Leva o pacote diante de si, sobre a lã da manta onde a sela range a cada passo do cavalo. No caminho é possível ver os rastros inumeráveis de cavalos e rodas que o vento apaga uma parte como se passasse uma grande mão branca. As orelhas do tordilho se avivam buscando um rumor de um carro que passa por eles deixando uma nuvem de pó enquanto um braço saúda pela janela. "Luísa – pensa Nefer –, vai comprar cigarros…" e observa as patas dianteiras de seu cavalo revezando-se apressadas sobre o caminho.

Quando chega à porteira, desmonta e faz correr o áspero pedaço de tronco que um arame, já gasto pela força do roce, trava, arrastando os fios enredados e desviando-se da sujeira que as vacas do tambo produziram durante a noite. No estábulo verde e amarelo, chilreiam e revoam os quero-queros e, na água de uma lagoinha espetada pelos juncos, o sol cintila.

Nefer monta em um salto. Então lembra de uma ideia que teve à noite e bate com os calcanhares no cavalo. "Talvez se eu galopar bastante." No final do caminho se encontra o bosque do rancho, e como não irá até lá, dobra em direção ao feneiro, galopa entre as vacas adormecidas empinando-se as pernas, esquivando-se dos formigueiros, espantando os pardais que se levantam com as asas sussurrantes e chilreando de medo. O cavalo é lerdo, mas ela o anima com os calcanhares, com o pacote apertado em uma mão e a rédea urgente na outra; se alinha sobre o dorso e entra à galope na água que brilha salpicando suas pernas e seu rosto e que escorre pela crina do cavalo. As coeranas se quebram, crepitando na água, e os bambus se entortam com seu passo. O galope faz subir a lama do fundo da água e o barulho se opaca quando, do outro lado, o cavalo volta à terra.

Nefer chega risonha a casa e seus dentes se descobrem quando sorri; tinha esquecido o motivo do galope e ofega rindo: "Está gordo, hein, matungo. Está cansado?", enquanto os quero-quero traçam seus círculos voando e chilreando a seu redor. Perto do galpão está o coche de Nemi já pronto para partir, como uma casinha azul e vermelha com rodas. O turco abriu a porta para guardar uma maleta e Nefer vê pilhas de caixas e roupa dobrada.

– Já está indo embora?
– Sim. Uma pena que só chegou agora. Sua irmã viu uma porção de coisas lindas. Você não precisa de nada? Tenho uns pentes parar armar o cabelo, linda mercadoria.
– E não preciso de nada por agora. Ela lhe comprou algo?
– Linha para costurar, muito lindo, branco...

O turco fecha a portinha, mete a chave no cadeado, cospe e pisa em seu próprio cuspe com sua alpargata. Nefer lembra o dia em que lhe ouviu contar histórias de sua pátria, e como um santo fez um milagre de inundar de sangue seu caixão. "Vocês me chamam turcos, mas os turcos são nossos piores inimigos – dizia –; minha família toda foi degolada pelos turcos, sabiam?"

Era rico, segundo Dona Maria, tinha uma loja na cidade e passava o ano percorrendo o campo com suas mercadorias; guardava um revólver dentro do coche e no final do tour, voltava à sua casa com muito, muito dinheiro.

Observando enquanto ele fazia seus preparativos, Nefer sente uma espécie de ternura.

– E agora, para onde vai, Bleis? – pergunta.
– Vou ver se sigo um pouco. Já é tarde, já. Um dos cavalos – e lhe dá uma palmadinha – fugiu do estábulo e deu muito trabalho encontrá-lo. Vai saber o que ele queria...

Nefer desmonta e acaricia o couro do lombo do cavalo. Juan se aproxima:

– Não o solte, Nefer, que eu preciso dele...

— E esse pacote? — grita Alzira desde o poleiro das galinhas — Te deram um presente, foi?

Nefer vai desembrulhando o presente, que aparece com suas dobras novamente.

— Aham — murmura Dona Maria —, bonito... Quanto terá custado, me pergunto?

— E... vai saber... — reflete Alzira. — Mas também que importa para ela umas notas a mais ou a menos...? Linda cor, não? Digo eu... para quê ela me diz que eu fico bem de vermelho, se presenteia para você depois...?

— E... é minha madrinha...

— Aham — resmunga a mãe esfregando as mãos no avental—; e me diga... foi você que vomitou à noite?

— Quem? Eu? E por que havia de vomitar?

— Porque sujaram um rebenque que ficou cá fora...

— E por que havia de ser eu...? Também poderia ser um cachorro, não? ... ou qualquer um...

— Não sei não, está meio estranha você também, vai saber que mosca picou... agora vai comprar carne, vai, que não tem nada para almoçar...

Algo se ilumina dentro de Nefer, talvez Negro tenha se demorado no bar hoje. Talvez o encontre... pergunta com certo temor:

— Mas Juan não ia sair com...?

— Não, Juan vai ficar para arrumar um dos pés da mesa... Quê? — Juan aparece já montado no cavalo. — Você está indo...? Não ia arrumar a mesa...?

— E como, senhora? Não disse que precisavam de carne...?

— Sim, mas Nefer vai; se não, como eu me arranjo com uma mesa torta?

– E bom, senhora, a senhora manda. Como quiser, então.
– Desmonta silenciosamente soltando a rédea e passando o rebenque a Nefer.
– Um momentinho, Juan, já venho.

Nefer entra na casa e se olha no espelho, tira um pente preso em um rabo de vaca e passa pelo que lhe sobra de cabelo livre de permanente; se olha por mais um instante vacilando, e logo vai até a cozinha, de onde sai com uma sacola debaixo do braço.

– Pronto... – Agarra as rédeas e o rebenque das mãos de Juan e monta em um salto só.

– Uma encomenda, Nefer – disse ele –; "Particulares fortes" – tira o dinheiro, conta e lhe entrega. – Obrigado, hein?

Nefer sabe que a ilusão de Juan de ter um momento de conversa no bar acabou por se desvanecer tristemente em sua alma.

– Tchau – disse, ao bater os calcanhares e colocar o cavalo à galope, indo.

A planície está verde e calma sob o sol e os bosques se alongam como uma frota. Ao fundo do caminho se nota escuro: o povoado, que consiste em dois bares e uns ranchos que brotaram perto da estação de trem, de onde Nefer vê partir várias carroças dos tambos leiteiros como se fossem brinquedos com os donos no comando. Reconhece-os pelo caminho que fazem e pelo cavalo que levam, e calcula a probabilidade de encontrar Negro. É pouca, porque geralmente é seu irmão quem traz e leva o leite ao povoado e porque já é tarde.

"Se eles levaram o leite à fábrica e não ao trem, seria mais fácil vê-lo..." As valas que bordeiam o caminho estão cheias de água, pois não faz muito tempo que choveu, e um pequeno rebanho pasta entrando e saindo delas. É um rebanho ordinário e desigual, e pertence a três irmãos que vivem em um rancho rodeado de campo escasso, e que, pelo mesmo motivo, a deixam soltas para economizar pasto. Nefer tem simpatia por eles, apesar de sua mãe passar grande parte do tempo criticando-os. Não faz muito que um vizinho lhes envenenou um cachorro e eles se vingaram castrando todos os cachorros dele.

"Bascos loucos – pensa –; o que têm na cabeça...?" Nefer arranca uma mecha de lã da manta, mete na boca e masca. É um costume que seu pai lutou para tirar, com o resultado de que só faz agora quando ele não está vendo, mas é raro que coincidam os dois a cavalo. Faz dez anos que seu Pedro sofreu uma queda que lhe mandou ao hospital e, desde então, por um tácito direito, deixou de trabalhar. "Não, seu Pedro se quebrou...", as pessoas falam, e isso o envolve de prestígio sua escura e magra figura que mateia na cozinha de sua casa. Alguns dias ensila o cavalo e vai até o bar, onde bebe e conversa muito polidamente, mas, em geral, passa nos ranchos, estirando com lentidão umas loncas finas de couro ou trançando algo, as mãos como raízes, hábeis em conhecer e curar as doenças dos cavalos.

Nefer admira seu pai e teme sua mãe, cujo corpo triplica o de seu Pedro. "Alzira vai ser como ela", pensa e se reanima.

Vários carcarás com seus silenciosos revoluteios brigam por um esqueleto que surge no canto de uma vala. "Pobre bicho..." Trata de imaginar a sensação de cair esgotada pelo caminho, sem forças para reagir sob os gritos e chicotaços dos vaqueiros, e fechar os olhos para morrer ouvindo o afastar dos mugidos rodeados de silvos, até ficar sozinha na noite com os grilos, os vagalumes e os uivos longínquos.

– Pobre bicho – repete enquanto vai entrando no povoado pelo caminho empoeirado onde uns cachorrinhos saem para latir a qualquer coisa que passe. O cavalo se encaminha por hábito até o bar, onde, em frente, está o carro de Luísa, porém Nefer o obriga a continuar até o açougue, uma casinha de lata, vizinha à estação. Desmonta desejando que não tenha muita gente. Ao passar, reparou que a carroça do Negro não estava em frente ao bar.

– Outro dia vivido para nada... – pensa empurrando a porta de metal do açougue. Quando entra, quatro ou cinco clientes que esperam no incômodo silêncio giram para vê-la.

– ...Dia... – diz em tom baixo.
– ...Dia...
– Comestá...

Sempre lhe dá o mesmo afogamento esse espaço fechado de cheiro doce, com as carnes penduradas e a vitrine engordurada. Pelo metal das janelas entra um dia irreal e as moscas caminham não se sabe se pelo lado de dentro ou de fora. Um basco silencioso e alto observa o açougueiro preparar seu pedido, e um velhinho bigodudo masca um cigarro de palha com uma boina afundada até os olhos. Perto de Nefer, uma menina espera olhando para o chão; foram colegas de escola e entre elas se produz uma tensão que se resolve em um cumprimento simultâneo:

– Queque tem feito?
– Queque me conta?

Logo, seguem em silêncio, com os olhos fixos nas mãos engorduradas do açougueiro que maneja os pedaços sem nem precisar olhar muito, só apalpando e estapeando a carne sobre o mármore, onde um cutelo curto e uma serra grunhe contra os ossos.

O basco recebe sua parte, estende sua caderneta onde o açougueiro anota o gasto, se despede e vai embora. O velhinho da boina avança na fila e diz algo, então, a porta se abre e aparece Luísa.

– Bom dia; você preparou meu pacote?

– Sim, senhorita, aqui está.
– Obrigada; até logo.
– Até.

Nefer pensa que pode ser mesmo possível que o açougueiro anote um valor mais alto na caderneta mensal de "Santa Clara", como desconfia sua mãe.

Quando a menina em sua frente faz seu pedido, Nefer observa o vestido já esbranquiçado sobre as costas estreitas e as trancinhas desleixadas cruzadas na nuca, e pensa que nela se reúnem certa aparência de menos idade do que tem e essa espécie de abandono que Alzira e Dona Maria sempre criticam. Junto com isto, como se o pensamento tivesse brotado em uma zona perto demais de outra, um enjoo amargado a inunda, com a realidade de sua desgraça; a impotência sobe em sua garganta, e como se o tempo se fizesse sólido, ela parece ouvi-lo, com sua coerência impávida e em conchavo com seu próprio corpo, que a trai e lhe deixa à mercê dos dias. Morde os dentes e sente que de sua cara lhe toma todo o sangue possível, deixando como esquecida a pele sobre seus ossos. "Não, não vai acontecer, não vai acontecer..." Seus sentidos se voltam para o interior, para o inimigo vigilante que imagina como dois olhos incansáveis. "Não pode ser..." O açougueiro lhe fala:

– Se sente mal, Nefer?

Ela se sobressalta:

– Mal? Não... por que mal? Calor tenho, só isso... – E estende para ele precipitadamente sacola e caderneta sem saber o que faz ou o que diz – costela, e se não tem, tripa, dá no mesmo...

Quando sai, é quase meio-dia e a sombra se tornou mínima ao redor das casas. Desata o cavalo, prende a sacola na parte da frente da manta e monta com um salto.

– Não pode ficar assim... Não pode ficar assim... Preciso ir... aonde...? À casa de... Sim. Preciso ir à casa de...

Coloca o cavalo a galopar e olha sem ver o grupo de meninos que jogam bola no campinho ao lado do bar, cujos chutes e vozes ressoam amplificados.

As folhas das árvores e os moinhos estão imóveis no ar do verão e um cachorro a vê, encostado na calçada, com o dorso cheio de lama. A porta da capela está fechada. "Amanhã... a missão... se confessar..." O coração lhe comprime de medo. Alguém que não é ela pensa nela:

"Só tenho esta tarde e irei... Não sei como... tenho que lavar roupa e estender... Não sei como... Mas irei..."

03 Nefer ouve o rangido da cama em que sua mãe se deixa cair com um suspiro, e ao ouvi-lo, pensa na sacudida experimentada pelo corpo leve de seu Pedro, sob o qual chiam também os elásticos. Contempla Alzira, que dorme desabrochada e descalça, com um braço na testa úmida; logo, se calça as alpargatas e sai atando um lenço sobre o pescoço. De tanta luz, franze os olhos e cruza o pátio ardente.

Na sombra do bosque, onde estão mudos quase todos os pássaros, deixou o cavalo atado com um descanso longo para que lhe permitisse pastar; em seu lombo, termina de secar a água que verteu sobre o suor que já lhe marcava debaixo da manta. Antes de selá-lo novamente, lhe dá umas palmadas.

– Pobre matungo! – murmura – Pobre velhote! Quanto você tem que trabalhar hoje, hein?

Solta a cabeçada do cavalo e o enfrenta colocando-se nas pontas dos pés, mas o cavalo vira a cabeça, farto de gestos invariáveis.

Monta e parte ao passo, agachando-se e se esquivando das ramas espinhentas das taleiras. Ao sair do bosque, lhe envolve o calor que estala na sesta e nos longos estábulos verdes e amarelos.

– Devem ser quase duas... Para as três consigo chegar lá...

Aperta os calcanhares e sai a galope, buscando o pasto onde as pisadas se amortecem. Não quer pensar no fim de sua viagem, nessa velha que não viu nunca e na qual coloca sua esperança. Seus olhos veem uma-por-uma as coisas que ganham importância na medida em que surgem. "Feno – pensa –, feno, perdiz, bosta, formigueiro, calor" e logo escuta – um, dois, três, quatro, um, dois, três, quatro – o golpe das patas na terra. Lentamente o suor aparece atrás das orelhas do cavalo e corre em faixas escuras pelo pescoço, onde o roce das rédeas forma uma espuma suja. "Vaca – pensa –, uma vaca leiteira, outra e outra. Essa está acabada. Quero-quero. Dois quero-queros e um gavião grande. Que alto gritam!"

O caminho é uma imensa língua deserta. Nefer observa sua sombra galopando na terra, corrige sua posição, muda a postura do braço, endireita a cabeça para ver as alterações que se produzem nela. O suor vai se espalhando pela anca do cavalo e começa a baixar por suas patas; Nefer olha para a palma de sua mão, onde a terra escurece em cada dobra.

– Tordilho – diz baixinho –, amanhã você não trabalha, viu? Vou te dar milho sem que os outros saibam. Você gosta? Amanhã você descansa... Amanhã que começa a missão e... – De repente, o pensamento se desvia, e o gosto amargo se impregna na alma.

Depois de caminhar através dos estábulos e de cruzar pelas linhas do trem, e de não encontrar ninguém durante mais de uma hora, quando os pastos se esmorecem sobre a terra cinza e o suor deixa o cavalo azul, Nefer descobre o rancho no forno translúcido do dia. Ao vê-lo, seu coração se encolhe.

Longe, onde as taleiras formam uma sobrancelha escura, vive, com sua família, a irmã de seu Pedro. Mas agora não pensa neles. Não tem outra preocupação senão chegar neste rancho encolhido ao lado do grande e seco eucalipto aonde nada parece se mover.

– Para queque eu vim?

Um grande desejo de sua casa lhe enche o peito. Surpreende-se da quantidade de impressões que sua memória lhe guardou das pessoas que vai ver, essa família que os sobrenomes se entrecruzam de forma não clara, onde um tio praticava magia negra e cuja avó é curandeira. Nefer comprime a mão sobre a rédea úmida e umedece os lábios. Logo, apaga a alma e continua o caminho, que faz uma curva antes de chegar. Uma charrete avança em direção a ela, escura na distância. "Talvez estejam indo ao povoado e a velha fique sozinha em casa. Então será mais fácil. Mas e se a velha também vai na charrete?" Ao levantar os olhos, a charrete já está em frente a ela e o coração lhe dá um giro: seus tios freiam a marcha puxando as rédeas.

– A Nefer – diz uma voz que enche o ar –, o que será que anda fazendo aqui...?

– De visita, viria...? E justo quando vamos...!

– É uma pena... mas, e como que você veio com todo o calorão...? Aconteceu alguma coisa?

Nefer olha para a roda da charrete e alguém responde por ela:

– Não... acontecer, não aconteceu nada, não...

– Mas com todo esse calor...! Olha só o estado que vem esse cavalo!

A tia a olha com uns olhos claros como lagos em seu rosto. Seu corpo quase parece emergir de seu marido, que ocupa quase toda a charrete.

– E Pedro? Como está? Bem? E Maria? E as meninas?

– Bem estão, tia, sim, obrigada...

Séculos de astúcia se condensam em Nefer e saem sustentando as palavras, enquanto sente nas pernas a impaciência ofegante do tordilho. Seu tio a observa desde a sombra de seu chapéu de feltro e, ao sorrir, os dentes lhe brilharam sob o bigode.

– E que ocorrência lhe fez vir com todo o calorão... E por que não esperou uma hora mais fresca...? Como gringo você trouxe este matungo, não? Ou traz alguma notícia?

– E... não, tio, mas tinha trabalho e logo seria tarde para voltar. A patroa me mandou vir, para avisá-los da missão, que começa amanhã, amanhã.

– Aham, já sabíamos, a patroa veio nos avisar outro dia. E o que vai fazer agora?

– E... vou até lá... à casa dos Borges, assim dou o aviso e me refresco um pouco antes de voltar.

A tia lhe observa as mãos, e logo diz:

– Também estão avisados. Não vale a pena ir até lá.

– E... não importa. Chego e lhes aviso... Tenho o bicho cansado – sorri.

– Se é por descansar o cavalo pode ir até a casa, que está tudo aberto lá.

– Vou ver se cumpro isso primeiro, se não a patroa vai se zangar...

– É estranho que ela tenha mandado vir você tendo vindo ela mesma antes. Mas faz como quiser, só não demore. Olha lá que eles boa gente não são.

– Sim, já sei. Tchau.

– Tchau.

Segue seu caminho e, ao se aproximar, os cascos ressoam sobre a terra seca. Um cachorro corre para latir, enquanto o rancho parece dormir com o teto fechado sobre os olhos. O cachorro late e late, e, por fim, decide cheirar cautelosamente as patas do cavalo. Nefer vacila, bate palmas, mas se arrepende e passeia com apreensão o olhar pelo contorno seco do ar trepidando sobre a terra inflamada. "Para queque eu vim?" Passa a mão pelo suor do pescoço, e inclinando a cabeça, olha suas pernas, que envolve a pança do cavalo.

De repente, gira seu rosto e vê que alguém lhe observa à distância. Vê a camisa, a boina, e o braço apoiado em um tronco do aramado, e um lento mal-estar lhe invade, porque reconheceu a um dos netos da velha Borges. São dois irmãos a quem sempre os viu em comportamentos estranhos, alternando suas vozes gatunas em frases que a faziam sentir-se mal. Como se estivesse perto, compõe a cara de duende pálido, os olhos fugidiços e as mãos que se movem como algas nos tanques.

Na medida em que se aproxima deste, que não distingue do outro, sente uma forte nostalgia da frescura de sua casa e se lembra de uma tarde de sua infância em que visitaram os tios com Alzira, e que os dois Borges, com suas pequenas caras babosas colocadas entre os joelhos e as mãos agarradas às suas bombachas, passaram mais de uma hora olhando-as sem parar, cochichando algo de vez em quando ou saboreando um palavrão.

Tratando de não olhar em seus olhos, cumprimenta:

– Tardes...

– Tardes... o que você quer?

Enquanto diz, se inclina, passa um arame pelo poste, puxa, estica, lhe enrola em destras voltas de pinça, e o pescoço se enverga incolor dentro do lenço. O coração de Nefer lhe dá outro giro ao descobrir seu olhar pregado no corpo dela quando acreditava que estava atento ao seu trabalho. Apontando à casa, gagueja:

– Tem alguém...?

Ele volta a se envergar e o arame range, cortando.

Nefer vê uns pelos em sua barba molhada e seu coração se acelera penosamente. O silêncio se alarga e ele volta a olhá-la com um sorriso torcido. Diz, com voz de quero-quero:

– Por quê? Você precisa de alguém? – E demora sobre ela seus olhos verdes, cheios de uma exaltação pálida e burlona.

O campo vacila em torno de Nefer, que aperta a manta com força e, para ganhar tempo, pergunta:

– Que...?

Ele se inclina rindo, e logo diz:

– Não se pode andar a cavalo, então...

Os olhos de Nefer não enxergam mais que um sol branco que gira e gira preenchido dessa voz, e respirando, apenas, murmura novamente:

– Que...? – E finge coçar o nariz até que o mundo se assente.

– Se bem que, sim – diz ele –, é preciso andar a cavalo então... Mas tem que galopar muito, muito, hein?

Com uma gargalhada tripla, segue aramando. As mãos se enrolam de excitação. Nefer não encontra pretexto para se afastar e volta a murmurar:

– Tem alguém lá?

– Alguém, alguém; a quem você veio ver? Que alguém? Se quiser ver a avó, diga. Sim, sim, está a bruxa! Se quiser ver ao outro, ao outro ali, está morrendo, se quer saber, se quiser vê-lo. Ou quem, alguém? Diga! Nomeia a quem veio ver!

Ao levantar a voz, retrocede e seu pé se engancha no rolo de arame. Nefer o vê tropeçar e cair, e, imediatamente, a fúria o ganha, castiga a terra com os punhos, convulsivo, saca sua faca e a funde uma, duas, três vezes no chão até que uma espécie de alarido irrompe de sua boca e o sacode inteiro.

Uma voz grita de dentro da casa:

– Quem está aí? – E uma mulher com avental aparece na porta.

Nefer solta rapidamente as rédeas e vai até o rancho deixando que os gritos se transformem em gargalhadas rotas, e a voz diga e rediga:

– A cavalo, é preciso andar a cavalo quando se é puta, quando se é puta e reputa, a cavalo!

A mulher é gorda e sua voz desafina em notas agudas.

– Como tem passado, Nefer? – cumprimenta – venha de uma vez.

Desmonta pensando o que faria se tivera tais filhos, e ao deixar o cavalo na sombra, uma espécie de alívio começa a encontrá-la.

– Como tem passado? Entra.
– Bem-obrigada. E a senhora?

A cozinha é pequena e escura. Nefer se aproxima de uma velha que raspa o milho em um canto.

– Boa tarde – cochicha.
– Comestá? Sente-se já.
– Bem.

Se senta em um banco e a velha prossegue sua lida de modo desconhecido para Nefer, pois raspa as espigas em uma placa de ferro cruzada em uma caixa, o que produz um ruído de serra. A gorda se agacha, e tratando de não acordar o gato, recolhe debaixo do fogão uns palitos e os mete entre as brasas; coloca a chaleira sobre o fogo e espera com os braços cruzados. Os olhos de Nefer vão e voltam ao ver a cara branca que vacila e cai e a mão encestando punhaladas na terra. Uma palavra ouvida há muito tempo se forma em sua boca: "Maldito. Nasceu maldito. E o outro também".

De repente, se lembra da história daquele homem em cujo teto caíam telhas dia e noite, até que mandou dizer ao tio de Borges "que se seguia com sua 'mágica', ele a pagaria caro". Com o qual cessou a chuva de pedras.

Sobressaltada, vê que a gorda está de frente para ela.

– Você gosta?

Toma o mate e dá uma chupada, enquanto as mulheres falam entre si.

– Dormiu? – murmura a velha.

– E... acho que sim... Pelo menos parece tranquilo, parece.

– Vai saber...

"Quem está morrendo? Quem está morrendo?", pensa Nefer. Devolve o mate e responde às perguntas sobre sua família dizendo a si mesma que se não fala de uma vez, não vai ter remédio. A angústia volta a pesá-la.

A gorda se assoma à porta com o objetivo de escutar. Nefer vê ao marido que sai da casa com o cabelo para cima e coloca a cabeça debaixo do jorro da bomba. "Sesta longa", deduz.

De repente, se esfria o sangue, porque de muito perto uiva a voz que ouviu no campo, desta vez soando do lado oposto ao que estava o moço. As mulheres se olham e a gorda sai precipitadamente.

A velha sussurra:

– Viu só como não dormia? Pobrezinho...

No pátio, o homem deixou de lavar a cara e olha na direção dos quartos com o cabelo encharcando também seu rosto. A voz geme: "Não, não". Logo ri grosseiramente. "Ou chora", pensa Nefer. Ouve a voz da gorda tentando tranquilizá-lo.

A velha balança a cabeça e Nefer a observa com atenção: tem pernas e braços esquálidos, e suas mãos deformadas deixam cair com descuido alguns grãos de milho no chão. "Não tinha que ter vindo. Não tinha que ter vindo. Não tinha que ter vindo."

A mulher gorda volta à cozinha e sua sogra pergunta:
– Como ele está?
– Não quer compressas, disse. Não quer nada. Não sei... Todo preto tem o pescoço...
– Tem que ver...
A velha volta a balançar gravemente a cabeça. Do pátio se ouvem uns lamentos que mais parecem ganidos de cachorro.

Alguém pergunta alguma coisa para Nefer, que se depara outra vez dando o aviso da missão. "Estão amaldiçoados. O irmão quis se enforcar. Assim é."
Uma lenha cai do fogão e se quebra em brasas reluzentes. Nefer puxa os pés e a gorda varre. "Me levanto e vou embora. Logo depois desse mate. Me levanto, me despeço e vou embora."

Mas nem mal deixou seu pensamento, já estava de pé dizendo:
– Preciso voltar agora.
– Já vai...? Assim, com o calorão...? – Mas não há muito interesse tampouco em retê-la. Despede-se da velha e acompanhada pela outra à porta, sai ao dia, que já ganhou certa leveza. Avista, branca ao sol, a camisa distante do menino que segue aramando.

Quando chega ao cavalo, alguém lhe chama pelo nome e, girando em seu eixo, vê a velha no umbral da cozinha. É mais alta do que pensou e o vestido lhe cai sem curvas desde os ombros.

– Ela está chamando – diz a gorda.

Nefer refaz a volta pelo mesmo caminho e chega até a velha, que tem os olhos lagrimosos e uma dentadura de menina na cara de cera barrosa.

– Senhora? – murmura tremendo a voz.

Os olhos da velha se tornam a única realidade da tarde. Baixando a voz, pergunta:

– Mais alguma coisa, você gostaria...?

Nefer ancora-se no tecido de seu vestido para não nausear e cair dentro desses olhos.

– Quê...? – diz.

– Você não quer nada de mim? Não gostaria de algo...? Alguma coisa...?

O mundo está nessa cara: o mundo com seus caminhos, suas valas e os desvios, os fossos, os rios, as nuvens.

– Eu...

Uma torrente sobe em Nefer e antes que pense em que responder, diz:

– Eu, senhora... Não... Obrigada... Não.

A velha então olhando o campo enorme responde:

– Como queira, pois... Adeus. – E volta a entrar.

Quando está sobre o cavalo, Nefer se sente quase em sua casa.

A mulher gorda volta à cozinha e sua sogra pergunta:
— Como ele está?
— Não quer compressas, disse. Não quer nada. Não sei... Todo preto tem o pescoço...
— Tem que ver...
A velha volta a balançar gravemente a cabeça. Do pátio se ouvem uns lamentos que mais parecem ganidos de cachorro.
Alguém pergunta alguma coisa para Nefer, que se depara outra vez dando o aviso da missão. "Estão amaldiçoados. O irmão quis se enforcar. Assim é."
Uma lenha cai do fogão e se quebra em brasas reluzentes. Nefer puxa os pés e a gorda varre. "Me levanto e vou embora. Logo depois desse mate. Me levanto, me despeço e vou embora."
Mas nem mal deixou seu pensamento, já estava de pé dizendo:
— Preciso voltar agora.
— Já vai...? Assim, com o calorão...? — Mas não há muito interesse tampouco em retê-la. Despede-se da velha e acompanhada pela outra à porta, sai ao dia, que já ganhou certa leveza. Avista, branca ao sol, a camisa distante do menino que segue aramando.
Quando chega ao cavalo, alguém lhe chama pelo nome e, girando em seu eixo, vê a velha no umbral da cozinha. É mais alta do que pensou e o vestido lhe cai sem curvas desde os ombros.
— Ela está chamando — diz a gorda.
Nefer refaz a volta pelo mesmo caminho e chega até a velha, que tem os olhos lagrimosos e uma dentadura de menina na cara de cera barrosa.
— Senhora? — murmura tremendo a voz.

Os olhos da velha se tornam a única realidade da tarde. Baixando a voz, pergunta:

– Mais alguma coisa, você gostaria...?

Nefer ancora-se no tecido de seu vestido para não nausear e cair dentro desses olhos.

– Quê...? – diz.

– Você não quer nada de mim? Não gostaria de algo...? Alguma coisa...?

O mundo está nessa cara: o mundo com seus caminhos, suas valas e os desvios, os fossos, os rios, as nuvens.

– Eu...

Uma torrente sobe em Nefer e antes que pense em que responder, diz:

– Eu, senhora... Não... Obrigada... Não.

A velha então olhando o campo enorme responde:

– Como queira, pois... Adeus. – E volta a entrar.

Quando está sobre o cavalo, Nefer se sente quase em sua casa.

04 Talvez fosse melhor se sentar, recusar as mantas, repousar as costas na parede enrugada, passar a mão pela testa e pelo cabelo úmido, fechar os olhos. Era intrincada demais a trança de ruídos na escuridão, com o pesado tique-taque do despertador, a respiração de Alzira, os roncos dos pais através das portas, os cachorros inquietos na noite, os galos próximos e os distantes, o próprio coração palpitando e trepado na garganta que se asfixia, e acima de tudo, passando pelo quarto sem interrupção, passando pela noite, passando pelo mundo, o tempo carregado de coisas que chegam e passam, chegam e passam, mas que não podem separar-se.

Nefer esconde a cara em suas mãos e é como se elas revelassem todo seu medo. Sua irmã se revira no catre e o barulho que produz lhe assusta; os múrmurios entram em seus ouvidos, pulsam em sua cabeça, baixam e se condensam no coração, golpeando todos os ossos de seu peito.

Se senta na beira da cama e seus pés roçam o piso áspero em busca das alpargatas. Lá fora, um cachorro se encosta na porta e a faz tremer. Que horas serão? Retira uma manta da cama, coloca-a sobre os ombros e estende o braço a caminho da porta.

Não é fácil se perder nesse quarto onde não há nada mais que uma cama de ferro, um catre e uma mesa, mas esta noite, névoas e redemoinhos deambulam pelo seu corpo antes de invadir a cabeça e fazer os sentidos se encolherem, não guiam os passos, que se extraviam. Nefer apalpa a parede de adobe e não acha a porta. Mas, devia estar aqui, justo aqui, a quatro passos da cama, como é que...? Em que quarto estamos, ou não é Alzira quem respira, ou não são roncos esses estrondos alternados que ressoam, ou que são?

Volta a percorrer a parede com a mão e um pouco de cal se desprende e cai sobre seus pés. O cachorro se coça fora e faz tremer a porta desde um lugar inesperado para Nefer. Se a porta é mais para lá, significa que tateia a parede onde o calendário está pendurado. Como pode chegar até aqui?

Sujeitando a manta com uma mão, estica a outra e avança passo a passo pelo quarto que se transforma em um inimigo oculto nas trevas, atento a confundi-la com obstáculos, a improvisar uma parede diante de sua testa.

Mas esta vez, chamada pela porta sacudida, Nefer chega a ela, e quando sua mão a reconhece, com o pequeno trinco solto e a pintura lisa e irregular sobre as tábuas, o quarto se refaz atrás de si. Agachando-se com cautela, levanta sem ruídos o trinco, empurra a porta que abre com certa dificuldade, volta a empurrá-la para fechar e sai. Nas suas costas, morrem o tique-taque, o medo, os roncos, porque no pátio só está a noite, o frio e o doce e cheio cheiro de terra.

O cachorro lambe seus pés e move com o rabo a manta que a envolve: lentamente, como um trem que passa ao longe, corre um longo gemido do moinho travado, mas que a brisa inquieta, e os grilos com as rãs transformam o ar em uma imensa vibração.

Na noite pesada de estrelas, Nefer olha para o Sul, para o vulto um pouco mais escuro que o bosque de "Santa Rosa" forma no céu e onde, desde as três, brilha, vermelha, a luz do tambo leiteiro. Mas é cedo ainda para vê-la. Talvez seja meia-noite. Tiritando, deixa a varanda, avança pela terra pisada do pátio e se apoia em uma árvore. Longe, gritam os quero-queros transmitindo seus acres alarmes.

Respira profundamente, e o medo que a escuridão manteve escondida debaixo da pele, agora sai pelos olhos numa visão que reconhece objetos e distâncias, como saiu por suas mãos também quando encontraram a porta, e, ao sair, aliviam o nó que a afogava. Quanto faltará para as três?

Aqui no rancho se levantavam às quatro, porque a estação fica a uma légua e dá tempo de entregar o leite a tempo para carregar o trem, mas em "Santa Rosa" começam antes, porque a distância e o número de vacas são maiores.

Tantos meses faz que dirige o olhar para o Sul, que quase esqueceu que o campo se estende nas demais direções. Algumas vezes se levanta na ponta dos pés para esperar o instante em que o lampião se acende como uma estrela vermelha e, sem ver, sabe o momento em que o irmão do Negro arreia o potro negro, e em que momento Negro amarra as vacas, ou ordenha, ou carrega os tachos de leite na carroça. Sabe tudo o que acontece ali como se vivesse em "Santa Rosa", entre as paredes de adobe iguais às de sua casa, debaixo do teto que Negro refez com palha nova.

O cachorro a lambe, e esta proximidade com o calor traz seus pensamentos a si mesma e, com isso, também a angústia. É um peso grande demais para suportá-lo de pé debaixo do céu imenso, e Nefer se agacha, afunda seu rosto no pelo felpudo do cachorro e fecha os olhos. Sente que isso é dela, essa lã, esse calor, esse cheiro, e não a noite com o vasto cheiro à erva amarga da planície e ao pó mudo das estrelas.

Quando fecha os olhos é como se os abrisse a seu interior, onde cresce e vigia sua infelicidade, e apertando os dentes funde mais a cara no pescoço do cachorro. Mas não chora. "Desgraçada. Sou uma desgraçada. Mais valeria eu estar morta. Sim. Mais valeria a morte. Mais valeria se eu morresse agora mesmo. Capitão. Capitão?"

Capitão se coça de modo inábil e boceja com um ganido como um assobio, então ela o agarra por duas pelancas de pelo e o sacode até que seus dentes se entrechocam. Capitão é seu amigo e acha que está brincando, mas ela sacode nele o grande conchavo que a cerca: sua desgraça confabulada com o tempo, confabulada com seu corpo, todos contra ela só, unidos como um impávido gigante de três cabeças.

– Capitão, você não sabe nada e eu não sei o que fazer. Eu pensei: "Talvez se subo no meu cavalo e galopo muito, talvez se trabalho brutalmente, talvez se durmo profundamente, poderei acordar sem nada... E pensei que se eu ia à casa de, de alguma pessoa, eu poderia... na casa de... Talvez se Deus me ajuda... Deus? E se rezo? E se rezo um ave-maria e três creio-em-deus-pai e me acontece um milagre? Talvez o senhor Deus esteja me assustando para que eu reze mais porque não sou rezadora. Mas há poucos rezadores, e a nenhum acontece estas desgraças. A Delia, por exemplo, não há de ser muito boa, e talvez Deus a castigue. Talvez se eu enrolasse seu cabelo em um tronco de abate e ela ficasse por alguns dias e noites gritando sem que ninguém a ouça, ou se lhe disparasse a égua e tombasse a charrete deixando-a de pernas para o ar justo quando o Negro esteja vendo, e já depois sejamos amigos, e nos bailes eu seja a mais linda e ele venha direto para me tirar para dançar, e ela nos veja e se exploda de inveja e não tenha mais remédio do que ir a nosso casamento, e para me casar, vou costurar um vestido de renda com calda, e poria luvas, e então, assim...".

Abaixa a cabeça outra vez e algo duro, que lastima a garganta e impede as lágrimas, permite que um longo gemido saia entre seus dentes e ecoe amortecido no pelo do cachorro.

05 Nefer acorda no instante em que Alzira sai do quarto deixando a porta entreaberta por onde uma fresta da noite fria entra.

Um galo canta suas ácidas escalas, outro o imita e outro responde mais ao longe.

"Hoje – pensa –, a missão."

Sua expressão não se abala, mas até o ar lhe parece amargo. Calça com trabalho os pés em umas botas grossas, e, abrigando-se, sai ao pátio sobre o que pesam as estrelas.

Maquinalmente olha para o horizonte onde já apareceu a luzinha; na escuridão se afasta e se aproxima o galope do cavalo de Juan, que junta as vacas com gritos e berros.

Nefer sente um calafrio e cruza os braços; pela porta da cozinha, vê Alzira que, mal iluminada por uma vela, acende o fogo com as palhas do milho, e seu Pedro, que sai de trás do bosque fechando as braguilhas. Do curral se ouve o ruído surdo do tronco e a vibração do arame com que Juan fecha a porteira.

Nefer passa na ponta dos pés em frente ao quarto onde sua mãe dorme, mas um chamado a detém.

– Nefer!

Pensa que melhor se fazer de surda, mas a voz volta a chamá-la.

Então se decide e responde:
– Que...
– Se te chamo é para que você entre...!
Empurra a porta e entra no quarto onde a cama ocupa a metade do espaço e um grande armário espelhado se inclina um pouco para frente. A vela se estremece na mesinha de cabeceira e ilumina a vasta cabeleira de Dona Maria, cujos joelhos formam dois montes coloridos na colcha.
– Que...
– Vem aqui.
Avança um passo e se coloca ao pé da cama.
– Que foi...?
– Mas vem aqui, se estou chamando...!
Dona Maria se inclina, a agarra de um braço e a arranca do lugar; sua grande mão esbofeteia de ida e volta a cara de Nefer; depois a sacode pelo ombro até que seus dentes tiritem.
– O que você estava querendo? – diz e mastiga as palavras – mas o que você estava querendo, desembucha, porcaria, você some na metade da sesta sem avisar ninguém... Mas... e para quê...?, se pode saber por quê...? E... e sem pedir permissão...? Nem me venha com o conto da missão... A patroa não fez você nem ninguém de mensageiro, não é?... Mandar você... Todos os anos ela dá um jeito de avisar e hoje manda você?... Em plena sesta, sem dizer nada... e para quê? Se pode saber...? Para quê...? Para quê? Vai falar...? Para que?
Nefer se converteu em madeira seca, e fala sem mover os lábios:
– Para isso eu fui, para avisar.
– Para avisar, não? E agora mesmo eu vou chamar sua tia, que está dormindo aqui, ao lado, vou chamar e você vai ouvi-la. Se a patroa mesmo foi de carro avisá-los... E daí

mandou você, não é? E a escondidas... em plena sesta... De mensageira! Sem avisar ninguém... Falar, é o que você quer, então fala...
— Para avisar, eu fui até lá, a patroa me disse...
— Avisar! Não? Avisar?... Com todo o calorão, sozinha, como uma perdida, por aí...?
Seu Pedro aparece na porta.
— Já é tarde — diz. — Não vamos conseguir ter todo o leite a tempo.
Dona Maria grita:
— Aqui está ela! Aqui está ela! Desembucha... Não pense que vai passar o dia todo sem me responder... Sai da minha frente, agora! Sai!
Nefer passa em frente a seu pai, sai à noite e caminha até o curral onde o lampião no alto ilumina confusamente os animais. Traz a primeira vaca, ata-a e começa a ordenhá-la; em suas costas, Alzira trabalha bocejando.
Nefer não pode bocejar. Tem o coração feito uma trança.
Diz a si mesma, por não chorar: "Se eu já sabia, por que sinto tanta tristeza? Se eu sabia que isso ia acontecer".
O sujo e doce fedor do trabalho a envolve e o calor da vaca que ordenha e o ruído alternado e surdo dos esguichos que vão enchendo o balde. "Por que tanta tristeza? Se já sabia..." Um pouco do líquido se choca contra o balde mais próximo a ela e lhe salpica; desata a vaca e vai atrás de outra.
— Que lindo seria se todas as vacas fossem como a Princesa e não fosse preciso atá-las.
Com o chicote, entrelaça as patas, mas o animal está nervoso e se rebate até se safar da atadura.
— Puxa! Se aquieta, diacho.

Volta a atar os nós e a começar o trabalho, e a vaca a se mover e rebater, até que solta uma pata e derrama, de uma só vez, o balde cheio.

Nefer olha a poça branca que a terra chupa, e se deixa cair de joelhos, funde os punhos nos olhos e soluça. Sua dor sobe como lentas facadas na garganta, que lhe doem, lhe doem, como se cada soluço fosse um pequeno filho que parisse, e seus gemidos se perdem entre rumores de mugidos e de patas que mudam de posição. As lágrimas a envolvem em um véu que apaga o mundo e molha sua cara inteira, suas mãos, a manga em que oculta o rosto.

Uma voz lhe chega entre os ruídos indiferentes, e ela vê a seu lado, turvamente, duas grandes botas enlameadas, umas bombachas de lida, dois baldes pendurados em duas mãos sujas.

Juan volta a chamá-la, com a boina encardida e afundada até as sobrancelhas.

– Guria – disse ele, deixa um balde e coça a cabeça. – Sei que está acontecendo alguma coisa com você, sou seu amigo... Se você precisar de algo...

– Não. Não.

Um novo rio de lágrimas lhe aflige, Juan deixa os baldes e mete, com trabalho, a mão no bolso, de onde tira um lenço enrugado, se inclina e lhe entrega, na mão dela.

– Bom – disse. – Tchau.

Recolhe os baldes e se afasta.

– Negro – pensa. – Negro.

Depois endereça o balde, o fixa nos joelhos e ordenha. Quando levanta os olhos, as estrelas mudaram seu percurso e Nefer é o centro desse céu, que vai girando ao redor de sua cabeça como uma pesada nave reluzente, vítima do tempo, dócil às horas, como ela mesma, e a angústia lhe aperta as mãos sujas de terra e leite.

06 Ir em carroça é quase como voar baixo, o campo se vê de cima, enquanto as tábuas rangem. A cara de Dona Maria chega a parecer de branca com tanto pó de arroz. A indumentária rege seus modos, pelos quais ela recolhe seus pés debaixo do assento, como se faz também nos bailes.

Ao redor da capela, na entrada do povoado, se encontram já muitas carroças e carros e minúscula gente caminhando.

– Não chegaremos tarde? – diz Dona Maria.
– Parece que já tem gente.
– Vai estar contente o padre...
– Aí chegam os de "La Florida"...
– E por ali vem chegando o carro da estância... Sobre a planície, detrás de um automóvel que parece de brinquedo e resplandece ao bater-lhe o sol, se vê avançar uma poeira de terra que se levanta no ar.

Seu Pedro leva as rédeas nas mãos inertes e um lenço limpo com as pontas divididas sobre os ombros; ao passar, vê uma doninha no caminho e pensa "igualzinha a Maria", mas sua cara é como um poste, o sorriso e a tristeza não mudam.

A seu lado, vai Alzira, a mais linda do dia; em cada um de seus braços, cabem três braços de Nefer, precisa ver que charmosura. Seu Pedro a observa e é como ver uma flor no campo, dá gosto, não se deixar levar por qualquer um.

É preciso mandar esta carroça ao conserto; já está desengonçada demais, e vai que acontece uma desgraça; tábuas e ferragens rangem cruelmente.

– E esse carro, ali?

– Aham...

– Serão visitas em "El Destino".

– Ou compraram um carro novo...

Nefer não olha. Desde o princípio, desde que colocaram para trás seus cotovelos e se enfiaram no povoado, olha outra coisa.

Olha junto ao bar, o varão de amarração onde os cavalos se alinham alternando-se com as carroças. A vista não alcança a distingui-los, e então, alçando os braços e fingindo arrumar o lenço na cabeça, direciona seus olhos para a direita, rapidamente, passando pela pastagem até o horizonte, caso algum ginete escuro a distância, mas reconhecível pela postura, a curva do braço ou o passo do cavalo, viesse dali.

Mas o campo está solitário e mudo sob o sol.

Nefer pensa que não sabe como acabar com este medo que come sua comida e dorme sem sono. O ano passado também teve medo da confissão, mas era diferente. E esta capela onde cada passo soa e ressoa, os gestos são coreografados pelos olhos que observam se roupa velha, se confissão longa, se cara de muitos pecados; e o padre ali dentro como que enjaulado, escutando, talvez vá e conte tudo a Dona Maria, a seu Pedro, ou mais que isso, aos ricos patrões da estância na hora do almoço, e depois todos olhem para ela.

Antes, ela gostava da missão e tinha lembranças do dia por meses, mas hoje Nefer quer cavar um poço na terra, mesmo que fosse com as unhas, mesmo que sangrasse, cavaria com os dedos se as unhas se quebrassem, com os braços se os dedos se gastassem, e no poço profundo se enterraria, cobriria de terra os olhos fechados até voltar a ser, pouco a pouco, raiz, pasto, barro, sem sonhos, só, esquecida pelo medo. Porque os dias estão confabulados, chega um e logo sabemos que vem o outro, e também outro, e outro mais, e é preciso aguentar, porque o homem é um coitado que não pode empunhar o facão para dizer: não quero mais dias, sem dizer: não quero mais homem, e só conserta, talvez, as coisas se meter esse mesmo facão na barriga, porque os dias são como uma tropa infinita que passam pelo portão aberto.

Nefer desliza a mão por uma tábua seca, ida e volta, ida e volta, ida e volta. As tábuas são sérias, ainda há algo de saúde nelas. Mas a carroça é um saco de ossos, salta, range, sacoleja. Porcaria de carroça, o campo está girando.

E se... se ao chegar, alguém viesse e lhes dissesse: o padre se adoentou, teve que voltar à cidade, não vai haver missão?

Não vai haver missão, não vai precisar cumprimentar ninguém, não vai haver ninguém para olhar e dizer: está magra, está pálida. Não vai haver nada disso?

Até parece que não vai. Está cheio de gente, mas ao mesmo tempo, vazio. Todos esses cavalos no varão e ninguém. Não terá ele um cavalo novo, não? Mas a Nefer conhece os apetrechos e os do Negro, não, os do Negro não estão.

Os cavalos da carroça sabem de memória o caminho, onde precisam dobrar para encostar no varão.

– Bom dia, Dona Maria...
– Bom dia. Dia. Bom dia, senhora...
– Está lindo o tempo...
– Dia. Que grande está esse bebê!
– Chegamos a tempo...?
– ...Padre jovenzinho...
– ...Sim, entremos...

Como um casebre, como um casebre dentro da casa grande, range e range a madeira. As pernas da menina ajoelhada se movimentam; quando ela se levantar será a vez de Nefer. A vez, a vez, de Nefer; um menino sai para acender as velas, estende o cano na ponta dos pés, a chama se inclina, se engrandece, se afasta, duas chamas; a outra vela.

As cabeças em fila com lenços coloridos, no de Raquel um barco azul, no da senhora umas letras ou vai saber o que será, flores vermelhas, estrelas.

A madeira range, salta-lhe o coração, é sua vez? Não, como foi no ano passado? O que perguntou o padre? Não se lembra, era um velhinho, era bondoso. Terá chegado já o Negro? Não se atreve a virar a cabeça, se ouvem muitos passos, talvez sejam os seus, talvez...

E se vai embora? Não se confessa, diz que se sente mal como Alzira no ano passado? Teme tanto esta capela onde cada passo é um sinal: "Aqui estou avançando, eu, olhem, vou pela esquerda, me aproximo do confessionário, me ajoelho, atenção. As pessoas estão atentas. Quando o confessionário range no final, todos olham a cara que a pessoa de dentro sai, muita penitência?, muito pecado? A cara não diz nada, às vezes sorri um pouco, dissimulando. Mas, e antes? O padre pergunta sempre. O que tem a dizer? O que tem a dizer?".

Há de ter a alma limpa para a comunhão; se não, o inferno inteiro se mete dentro da pessoa, os diabos aparecem e se alguém tem um acidente e morre, se queimará para sempre.

Não se confessará. Mas a anterior se levanta, é sua vez, ajoelhar-se, grade de madeira tão próxima da cara, uma nuvem dentro da cabeça, ah, se ouve uma voz, você disse alguma coisa, que?

– ... Maria puríssima... – disse.

– Maria puríssima – repete Nefer, rouca.

– Quanto tempo faz que você não se confessa?

– E... vai fazer... um ano...

– Que pecados lembra, minha filha...?
– E... eu... disse mentiras e... e, como é?... disse mentiras... e...
Nefer está em uma noite onde, de repente, brilham e badalam pontos de luz, responde em monossílabas: sim, não. Não entende muitas vezes, ouve palavras que desconhece, responde em monossílabas: sim, não.
O padre diz: a pureza, e pela voz que põe parece que fala disso. "Não há pecado contra a pureza?" Ela não sabe. Será? Mas, e se não é assim? Diz: "não sei". A vozinha aclara: "Não teve maus pensamentos, maus desejos...?". Ah, maus pensamentos, maus desejos, quando sonhava vinganças, quando queria que a Delia se afogasse em uma vala, sim, os teve, "sim, padre".
– E nada mais? Más ações...
Não, não as cumpriu, só quis, nada mais, mas fez outra coisa, uma vez, ela, ela... Já não sabe o que diz. O padre pergunta coisas, mas Nefer não escuta mais que os golpes que seu coração dá, e que faz ser a única realidade desse momento. O silêncio a faz reagir.
– Quê? – pergunta.
– Bom... Agora o ato de...
O ato de quê...? "Sim, padre", diz ela. O que será isso? Prefere calar. O padre inicia: "Livrai-me ó Pai...". Ah, o valei-me Deus pai, ela sabe, ela o aprendeu. Diz lentamente, dissimulando palavras frouxas, mas não lhe falava o padre? "Como disse, padre?" Ah, não, melhor rezar. Ela segue: "E... prometo... firmemente, com a vossa graça...".
– Bom – disse o padre –, vá em paz e que Deus te abençoe. Ir? Como? E o que ela tinha que dizer? E o que ela...?
– Padre... – Mas não há mais ninguém, um homem se adiantou e o padre lhe está ouvindo. Se levanta e a igreja se vira para olhá-la. Será que o Negro já chegou? Chega a seu

banco e fecha os olhos. Menos mal que nas igrejas é permitido manter os olhos fechados. Um lento tropeço de passos vai chegando, são os de "Santa Clara", a senhora Dolores com suas filhas, dona Mercedes e a menina Susana, e atrás, Luísa com seu livro gordo, como Nefer gostaria de ter também. Vão para os primeiros bancos.

De todos os que ocupam a capela, muitos poucos conseguiriam pensar em chegar até ali sem morrer de vergonha.

"Delia conseguiria", pensa Nefer, e ao pensá-lo, ouve um taloneio e a vê se aproximar ao comungatório, deixar um buquê de flores e voltar com o passo contido e franzindo a boca até seu lugar. Nefer baixa os olhos e uma rafada de ódio a invade. E pensar que, talvez, Negro a esteja olhando agora...

Mas Negro está apoiado na parede do fundo e observa as faisquinhas que, a depender do movimento, aparecem nos óculos do padre. Este dá um passo para a esquerda e o Evangelho começa. A igreja ecoa de gente que se coloca de pé empurrando bancos, tossindo ou espirrando.

Mal se encaminha para o fim do Evangelho, e dona Mercedes se senta. Sempre se adianta um pouco os movimentos do ritual e o faz com um gesto solene e expressão exemplar, com o que informa aos ignorantes a conduta a seguir, e não pode impedir que uma satisfação lúgubre surja em seu interior quando ouve o rumor que às suas costas desata sua ação, como um manto que acompanha, com certo atraso, os passos de um rei. É como se, de algum modo, fosse uma espécie de segunda sacerdotisa que ditasse, com sua tutela, a atitude dos fiéis.

O padre termina o Evangelho e Nefer o vê retirar as mãos do altar, colocar-se de frente para o público e cravar os olhos na porta, onde sai a manhã brilhante e o bar. Alça a mão e lentamente se persigna.

A igreja soa agora como um palomar: vários arrulhos correm de banco em banco, alguém chora e alguém tosse. O padre abre a boca, mas suas primeiras palavras são apagadas pelo trompete que causa um senhor quando assoa o nariz, então finge uma tosse e entra com as mãos nas mangas de sua veste.

– Amados irmãos: o Evangelho de hoje, domínica quinta de Advento, é uma clara lição do que a fé representa diante dos olhos de Deus. A fé, virtude teologal, imprescindível para a vida da alma...

"Vida da alma – pensou o Negro. – Como era? A alma de... Ah sim, *"desde el alma"*, que charmosura, e a Julia como dançava juntinho, parece até mentira, que grande músico é o gringo José, porque, tocado por ele, a valsa crioula parecia tão linda como no rádio... Mas e este padre, como faz para vestir toda essa roupa e o poncho verde? Será que traz na mala ou o poncho fica esperando por ele na capela?"

– Porque se não temos caridade, se não temos caridade, amados irmãos, como podemos aspirar o prêmio eterno?

Nefer se inclina para coçar um pé. Sabe que sua família, assim como ela, naufraga como em todos os sermões entre as palavras não ditas ou cotidianas, acreditando compreender alguma coisa até se distrair definitivamente em seus próprios assuntos.

– A caridade é amor...

Um largo berreiro cruza a igreja e uma mulher toma seu filho nos braços e o sacode para fazê-lo calar da choradeira. O padre do ano anterior dizia nestes casos: "Senhora, por favor, saia um momento com seu bebê até que ele esteja tranquilo, assim podemos seguir...", mas este volta a tossir e continua, levantando o tom da voz:

— É o amor, irmãos, da alma a Deus e da alma ao próximo pelo amor a Deus. Não se pode amar a Deus sem amar ao próximo. "Como a nós mesmos", disse Jesus, mais que a nós mesmos, porque como Ele disse: "Que maior prova de amor que dar a vida pelo amigo?".

Nefer imagina Negro em um grande perigo e ela que chega, se arrisca, salta e o salva, e Negro sorrindo, agradecendo, falando com ela.

— Ele nos amou assim, não é verdade? "Fez-se obediente até a morte, diz São Paulo, e morte na Cruz." Vocês querem maior prova de amor, irmãos meus? Devemos segui-lo como exemplo...

O padre se detém, tira da manga um lenço e assoa o nariz. Negro pensa que perderia qualquer coisa que tentasse guardar no mesmo lugar.

— No Evangelho de hoje, há outro ensinamento que devemos aproveitar, irmãos meus, e é a confiança em Deus. A confiança, irmãos meus, a confiança. Quem de nós, em um momento de dor e angústia não recorreria à sua própria mãe, a seu próprio pai para pedir ajuda? "Meu pai, papai, aconteceu-me isso, tenho essa dificuldade; minha mãe, mamãezinha, me ajuda naquilo." Quem? E bom, amados irmãos, Deus é pai e mãe do gênero humano, porque ser criador é ser mais que progenitor, é mais que...

Seu Pedro escuta gravemente, sentado muito incômodo no extremo de um banco que, mesmo que tenha lugar livre no outro extremo, como para que quatro homens possam se sentar tranquilamente, ele há de ficar assim porque depois do esforço para se chegar até ali, já não conserva nenhuma desenvoltura necessária para novas decisões. Sente os pés estreitos dentro das botas e gostaria que tudo terminasse logo para perguntar à saída as opiniões sobre a venda do velho Hernández, mas escuta e tem uma ideia confusa de que toda essa linguagem magna que não compreende o dignifica pelo simples fato de que está presente no âmbito onde ressoa.

– Hoje é o primeiro dia da missão, o primeiro destes dias em que graças à generosidade de algumas almas desta boa localidade fazem que seja possível cumprir os preceitos de Nossa Santa Mãe da Igreja, prescritos por Deus. Eu vos digo que aproveitem esses escassos dias, que se façam batizar a vossas crianças, se confessem, se comunguem... Os casamentos que falta regularizar serão regularizados, etc. Aproveitemos estes dias, irmãos meus, não sejamos ingratos com Deus, a quem devemos tanto. Agora vou repetir o horário da missão. Às oito, missa de comunhão; como sabem, os outros anos havia duas missas, mas desta vez eu vim só porque o padre que ia me acompanhar se adoentou. Às dezesseis, catecismo para as crianças; às dezoito, rosário e benção...

Nefer imita os movimentos das pessoas que ocupam os primeiros brancos, e quando o credo termina, volta a sentar. Vê que sua mãe seguiu o exemplo da senhora Mercedes, que se abana com uma página tirada do missal. Nesse momento, ressoa um estranho ruído que se distende em notas vacilantes que se acoplam e se encompridam ácidas, e a música enche a capela.

A senhora esposa do chefe da estação é professora de piano aposentada e por isso está encarregada nas funções do harmônio. As peças mais sérias de seu repertório são um ave-maria, um "Salve Rainha" e uma ária de uma opereta que reserva para o momento da consagração.

Nefer pensa que se ela fosse a encarregada da música, talvez Negro se apaixonaria por ela e eles acabariam se casando, mas sabe que ela não serve para estudos. Torcendo os olhos, observa Delia, que tem sapatos de salto alto e balança um dos pés apoiado somente no salto. O gesto lhe parece admirável e, ao dar-se conta, para de olhar. Uma tristeza oculta a enche e pensa: "Por que eu, e não outra? Alguém tem que passar por essas coisas, mas por que eu?".

Desliza o olhar pelo seu próprio corpo ainda sem sinais.

E a comunhão? O pecado continua nela, porque o padre não a ouviu, então quando comungar, vai meter os diabos dentro e depois vai ser como os Borges, amaldiçoada.

O ar da capela vai se tornando asfixiante para Nefer, uma iminência dentro já bombeia e pulsa, e agora até respirar lhe parece temerário. Como se acelerasse o momento da comunhão, dona Mercedes se aproxima do altar, e ela fecha os olhos para que seu olhar não cruze com o de sua mãe, que lhe ordenará levantar e avançar. Nefer não vê o instante em que isso acontece, mas sabe que, a partir disso, sem que um movimento ou frase do padre indique alguma coisa, as pessoas começam também a se aproximar do altar.

Quando acaba a música, é hora de apertarem as mãos, mas ouve passos de botas apressadas que sobem até o coro, onde se escuta um cochicho. Ela gostaria de olhar, como faz o bebê sentado à frente, mas não se atreve a virar. Na capela só se ouvem os múrmurios do sacerdote e de umas poucas pombas que se aninham na janela.

De repente, sem que nada a anuncie, ressoa uma nota sustenida que enche o âmbito, vibra e se condensa nas paredes. Nos fiéis, há um instante de mal-estar que se transforma em grave admiração. Nefer compreende, com esse movimento, que os passos foram do senhor Constanzo Baris, que chegava tarde. É o dono da fábrica de doce de leite e canta como às vezes se ouve pelo rádio aos cantores; canta na fábrica, na estação, passeando de ida e volta pelo andem, e muitas vezes nas funções da capela. Desgraçadamente, seu repertório não concorda com o da senhora no harmônio, que não pode acompanhá-lo e, por isso, nas partes que correspondem ao acompanhante, o senhor Constanzo guarda silêncio e marca o compasso com o pé.

– Esse homem tem mais milhões na carteira que pelos na cabeça – costuma dizer Dona Maria, e quem a escuta inclina taxativamente suas cabeças.

Com muitos ruídos de bancos, madeira e pés, o povo começa a sair em um bulício confuso que, no momento em que passam pela porta, se arrebenta em vozes e cumprimentos que se misturam e voltam à igreja varrendo a atmosfera imóvel das orações.

Nefer gostaria de permanecer em seu banco com os olhos fechados até que não sobrasse ninguém lá fora, mas não se atreve, e sai lentamente na frente de um menino que, a cada passo, lhe pisa os calcanhares. Talvez sua mãe brigue com ela por não ter comungado.

A voz de dona Mercedes se escuta lá de fora:

– ...Sim, às quatro, o catecismo para as crianças, às cinco, benção com o Santíssimo... Bom dia! Como está, querida? Como você cresceu! Oi, Joana! O que você achou do sermão...? Gostou...? Ah, este é o que vão batizar? Sim...? Que olhos mais lindos...!

E as vozes se elevam, unem e refluem interrompidas por risadas agudas.

Ali está a velha senhora de "El Destino", que se afasta em direção aos automóveis, como um lento mastro negro através da manhã reluzente, recebendo e devolvendo cumprimentos.

Os homens já estão chegando ao bar, salvo alguns mais velhos que esperam para trocar cumprimentos mais perto da igreja.

Nefer vê que Negro cruza o caminho, vê suas costas vestidas de cinza, o facão, o chapéu de feltro, e, a seu redor, se esfuma o mundo. Uma voz que, por um instante, teme que seja a sua, o chama:

– Negro! Negro Ramos! – E o faz deter no meio do caminho e virar para responder entre os rastros marcados pelas carroças.

É a senhora de "San Gervasio" quem chama. Negro refaz o caminho, aproximando-se. Nefer sente que suas pernas se dobram, transformadas em trapos.

– Senhora? – disse ele, tirando o chapéu.
– Como você vai? – A senhora lhe estica a mão.
– Bem-obrigado. E a senhora? – Ele a toca num fugitivo esboço de saudação.

Seu Pedro sempre fala de um rodeio em "San Gervasio", no qual, há trinta anos, ele apartou um rebanho lado a lado com esta senhora. "Senhora bonita, boa como mulher de pobre, precisa ver." Ele dizia, ainda que pobre nenhum permitisse que sua mulher tivesse fantasias semelhantes. Mas esse tempo passou e a senhora, que ainda cavalga, já não faz mais essas graças.

– Você está trabalhando no tambo leiteiro agora?
– No tambo, aham, sim-senhora.

Alguém toma Nefer pelo braço, fazendo-a girar:

– Aqui está, minha afilhada – disse uma voz.

Sua família está toda em volta de dona Mercedes.

– Eu lhe digo que tem que engordar.
– Sim, senhora. Mas...! Se não come nada!... Agora deu para não ter apetite por nada... Tenho vontade de castigá-la...
– É preciso comer...

Não tem olhos para essa gente. Não tem ouvidos para essas frases. Frases de bosta são. Frases de nada.

Quando consegue se afastar, o diálogo de Negro com a senhora já chegava ao fim.

– Tenho uns potros lá, e como Francisco está doente...
– Sim-senhora, como-não. No mais tardar à tardezinha, eu passo por lá.

Negro se despede e a senhora anuncia com voz seca:
– Então. Os de "San Gervasio": já nos vamos. Carlitos, vá até o bar e avisa aos que são da estância para vir. Já estamos indo.

Apressam-se as despedidas e dona Mercedes levanta a voz:
– Amanhã, missa às oito. Hoje, catecismo às quatro. Ah, padre, venha tomar o café da manhã conosco... Aqui apresento a...

Em frente, algumas famílias sobem em suas carroças e partem com os ruídos de madeira, ferragens e chicotaços, enquanto os carros vão em marcha e os ginetes ganham distância.

Nefer se afasta do bulício e observa a porta do bar. Vê que Negro, com o cigarro na boca, desata o cavalo, apoia a mão na cruz e o pé no estribo, retém os movimentos nervosos do animal com a rédea e, já quase trotando, monta como um pássaro e parte, levantando uma nuvenzinha de terra até uma esquina e então dobra.

Nefer baixa os olhos como quem aferrolha um santuário, e, assim, volta a vê-lo, quando atravessava o caminho para responder ao chamado da senhora, quando conversava com um pé cruzado diante do outro, apoiado só com a ponta da bota na terra, quando se coçava a nuca e apontava ao cavalo, quando sorria com os dentes brancos debaixo do bigodinho.

Sua mãe lhe chama e então a angústia retorna a todos os seus membros e, arrastando os pés, caminha até a carroça.

07 Na cozinha escurecida pela tempestade, Nefer entrega o mate a seu pai que, para tomá-lo, deita no chão as rédeas que engordurava. Ninguém escuta a corrida de carros que transmite o rádio, nem Dona Maria costurando na porta, nem Alzira que vigia uma frigideira e boceja, nem Capitão que se sacode a cada tanto.
Por um buraco no teto, a chuva coa e resvala lentamente no tampo do aparador.
Nefer suspira; um cansaço se instalou em seus membros. "Como se levasse barro nas veias", pensa.
– Terminou de tirar a mesa? – pergunta a irmã.
– Sim.
– Bom, limpa ela então, que tenho que passar roupa.
Um trovão retumba, corre pelo céu um raio que enche o ar onde a chuva se condensa para cair com mais força.
Através da água se ouvem os sons metálicos vindos do violão de Juan.
– Sim, um pouco avançou. Vai muito lento com o aprendizado, mas avançou.
Nefer não acredita que Juan um dia chegue a tocar muito bem, mas o inveja, sozinho em seu quarto, empenhado em sua ocupação. Ela gostaria de poder se isolar da mãe tosca, da Alzira indiferente, do rádio, de tudo, e se fechar com

os olhos fechados a pensar em Negro que sorri, em Negro que a cumprimenta, que monta a cavalo, que desmonta, que fuma apertando os olhos, mas o cômodo rodeado de chuva a entristece.

Dona Maria a olha:

– E você, o que está esperando para começar a passar? Vai esperar que tenhamos que comer para usar a mesa?

– Mas eu não disse a ela que limpe a mesa logo de uma vez? Se a mesa está cheia de farinha, como vou fazer?

– Anda, você também, apalermada com seus desvarios. Limpar a mesa, você quer? – Alzira agarra um pano e o passa sobre a mesa, e logo volta para sua irmã.

– Está contente agora...? Tanta reclamação... poderia ter ido preparando o ferro enquanto...

Se aproxima do fogão e joga a massa no óleo que crepita e estala sobre o fogo. Um cheiro de fritura enche a cozinha e Nefer sente que uma repugnância se alastra em seu corpo. Respirando com cautela, deposita as brasas dentro do ferro e enquanto espera que este se aqueça, apoia o ombro no batente da porta e se concentra na visão dos horizontes esfumados pela água e da vasta paisagem brumosa; as rafadas de ar fresco a dispersam e anelam as mechas soltas de seu cabelo. "O tordilho deve estar todo azul com a água, pobrezinho – quase sorri. A Princesa também, e o pasto deve estar todo molhado, fresquinho para comer... Agora não vão doer os cascos das patas quando galopem."

– Sai daí que me dá sombra – disse a mãe.

Nefer teme respirar o cheiro da cozinha e, para voltar para dentro, trata de pensar em outra coisa.

– A camisa primeiro, depois o lenço de Juan, minha blusa...

Cobre a mesa com uma manta e descansa pesadamente o ferro sobre a camisa que, depois de várias passadas, começa a se alisar.

Alzira prova um bolinho de chuva e mastiga com ar pensativo.
– Está estranho – diz. – Quer provar, mãe?
– Deixa eu ver...? – Dona Maria agarra um e come – Não... está bem, gostoso. O que tem de estranho? Me dá outro.
– Não sei, acho que está com um gosto estranho... Não ruim, mas diferente... O que pode ser?
Seu Pedro se aproxima e se estica sobre o prato com um garfo, que ele maneja com cauta cortesia.
– Está lindo – murmura e sorri com sua vaga expressão de burla delicada. – Para mim, está bom, está...
– Pega um, guria – diz Alzira a sua irmã.
– Não, obrigada, guria, não estou com vontade.
– Mas prova... Assim me diz se está com um gosto estranho...
– Não, me deixa, não tenho fome...
Nefer se inclina e assopra as brasas do ferro. Sua mãe se vira e a observa:
– Feita um passarinho está essa aqui. "Não quero, não tenho fome, não estou com vontade." E vejam só. Está feita miséria, com cara de morta, que até a patroa me disse ontem... Mas isso não pode seguir... Agora mesmo você vai começar a comer e não se faça de caprichosa... Anda, come um bolinho.

A chuva escorre pela borda da palha do teto e um trovão volta a rachar o ar e a se esparramar em grossas ressonâncias. O rádio transmite sua corrida cheia de ruídos de motores e gritos do locutor: "Número nove, número nove, atenção! Agora vai passar!... Estamos anunciando a nossos ouvintes a ultrapassagem do número nove..."

Nefer balança a cabeça:
– Não quero...

— Que "Não quero"! Hoje são os bolinhos, amanhã as batatas, ontem era a carne, e assim todos os dias, está só pele e osso. Mas acabou, acabou, hoje começamos, anda, come um...! Está como mulher prenha... Só me faltava essa...! Come... Dá um bolinho para ela!...

Nefer encolhe as mãos sobre a camisa que passa e a amassa outra vez:

— Não quero! Já disse que não quero! Não quero porque vou vomitar! Porque vou ter um filho! Estou prenha... Sim!... E você poderia ter se dado conta antes se é tão velha e sabe tanta coisa... Ou não se deu conta? Ou não vê, por acaso, que me cresce a barriga? É cega, agora? É estúpida, por acaso?...

Corre atropelando tudo, sai à chuva, cruza a manhã, as poças d'água, entra pelo bosque e pelas ramas e ao chegar no fundo se abraça ao tronco de uma árvore, se deixa cair e se morde os punhos e geme, a cara contra a casca e o veludo úmido, geme como se latisse, como se, ao gemer, os ossos lhe arrancassem a pele, como se a alma saísse talvez pelos seus gemidos e escorresse para fora sua desgraça. Com os dedos arranha o tronco e desprende pedaços de musgos com cheiro de chuva.

— Melhor... melhor, melhor, que saibam, que saibam, que se incomodem, que se avergonhem, que se incomodem, que morram, que morram, que morram.

Morde os punhos e soluça. Depois agarra um galho com as duas mãos e o sacode até cair um suntuoso aguaceiro sobre seus ombros, e encharcar seu cabelo, enquanto sua pele se contrai ao recebê-lo. O vestido se aferra ao corpo e ela estica os braços, se agarra às ramas e as agita até que não reste uma só gota sobre elas.

O frio a acalma e pensa na volta.

— Bom, que me importa. Que me importa.

Caminha pela trilha úmida e, a seu passo, se levantam as pombas que abandonam ruidosamente os ninhos. Mas quando vê a silhueta de Dona Maria observando-a desde a varanda, dobra seu rumo e se refugia no galpão.

O cachorro a viu e avança com demonstrações. No galpão escuro, Nefer se senta sobre a tábua da charrete. Dona Maria aparece na entrada.

– Você está aí?

Não responde. Sua mãe penetra e, ao habituar os olhos, a vê imóvel junto ao cachorro.

– Por que não me responde? É verdade o que você disse? Me responde, está bem? Me responde se é verdade o que você disse.

– E por que não seria verdade?

A mãe se aproxima:

– Você está louca? – grita. – Está louca?

Nefer está de pé e grita mais forte:

– Não! Não estou louca! Já te disse o que estou! Entendeu? Quer ouvir outra vez? Estou...

Não tem tempo de terminar: a mãe levanta o braço e sua mão cai sobre Nefer. Ela se cobre a cabeça. "Assim morresse. Assim não tivesse nascido nunca...", pensa. A mãe grita enfurecida:

– De quem?

Ela quer dizer: do Negro, porque é do Negro, é do Negro, mas não diz nada. Pensa: "Talvez eu morra".

Dona Maria a endireita pelos ombros e a sacode:

– O que você fez, canalha? Quando? Onde?

A nuca se enche de ruído e névoa, fecha os olhos e pensa: "Talvez o teto do galpão caia e nos esmague e tudo termina assim".

08 Ficou no galpão e passeia os olhos pela penumbra, onde pendurados se guardam utensílios e ferramentas. Pensa que na cozinha estarão terminando de almoçar, mas depois que sua mãe saiu gritando queixando-se de Deus e de sua sina, não voltou a ouvir mais sinal de vida exterior.

Um gotejo intermitente da chuva se mantém enquanto lá fora, do nada, canta um galo.

Nefer decide voltar a casa. "Uma pena que esteja fresco e ninguém fará a sesta."

Entra toscamente no quarto onde Alzira costura e se deita no catre com meia cara no travesseiro.

Uma vespa vibra e vibra fazendo estremecer o silêncio.

Nefer pensa que se respirar com calma talvez acabe dormindo, mas ao fechar os olhos, vê o braço de sua mãe e sua boca gritando ameaças. Alzira fala e sua voz ressoa com claridade:

– Por que você mentiu hoje?

Decide fingir sono, mas a voz de Alzira tinha tanta certeza de que estava acordada que não pôde ignorá-la. Sem abrir os olhos, responde:

– Não menti.

O silêncio lhe faz entreabrir os olhos para ver a cara de sua irmã, que costura inclinada sobre sua tarefa.
A vespa zune e vibra contra o teto. "Talvez eu adormeça", pensa Nefer.
Alzira volta a falar, com certa vacilação:
– Quando... foi, guria?
Nefer faz uma pausa.
– Faz muito tempo.
Alzira crava a agulha, repousa o tecido e observa sua própria mão. Depois pergunta:
– E... e doeu...?
Nefer aperta os lábios e, pela primeira vez, uma espécie de superioridade a inunda de triste glória. Não responde. Sabendo que sua irmã se sente humilhada por seu silêncio, se vinga com um sorriso de desdém. Depois volta a espiá-la. Alzira retomou a costura, mas depois de um tempo, fala outra vez:
– E agora...?
O desamparo a enfria, quer contar a Alzira seu terror, se queixar do abandono, se perguntar com ela por que a certas pessoas lhe passam estas coisas, mas responde:
– E você, que se importa?
Se arrepende em seguida, quer dizer algo. Mas Alzira encolheu os ombros e o silêncio volta a se estirar pelo quarto, onde cresce o zumbido desesperado da vespa que busca o sol.

09 De pé, junto ao portão, esperam que o ônibus apareça no fundo do caminho. Dona Maria suspira e Nefer sabe que o suspiro significa que vai fazer calor e que tudo a persegue: a temperatura, o dia na cidade com esses sapatos, e uma filha dessas.

Nada importa já. Nem o sol, nem o médico, nem a mãe furiosa. Nefer tem ouvidos e, por isso, ouve, e a boca lhe serve para comer, mas o mundo passa ao seu redor como a água passa em torno de um penhasco, e ela está séria e nada importa. Daqui a pouco tempo, seu corpo vai começar a crescer; daqui a muito, ele vai se desinchar, não importa, já não importa, tudo nasce e depois morre, mas nada importa.

O ônibus aparece ao lado da capela e se aproxima subindo terra.

"Parece a geladeira da estância com rodas", diz Nefer a si mesma.

Nefer encolhe os ombros porque Dona Maria sabe que ninguém conhece sua história, mas quando o ônibus se detém, ambas se sentem um pouco intimidadas. A mãe se iça com dificuldade e Nefer a segue, e, visto só de esguelha, o veículo parece estar recheado de enormes chapéus.

Cumprimentam e se sentam. Dona Maria conversa com a senhora do assento da frente, com a de trás, e com uma moça que leva um menino no colo. Pergunta pelas famílias e aprova as respostas com a cabeça. Nefer passeia os olhos pelas pessoas e vê que os chapéus que lhe pareceram inumeráveis eram somente três: dois de uns homens no primeiro assento e outro no fundo.

"São chapéus grandes, como o de Negro; mas estes também são gordos e vermelhos e podem ser vistos de longe, e o poncho de Negro é mais lindo que esse…"

Os homens falam de suas fazendas e riem, e pelo espelho que reflete o motorista, Nefer examina suas botas de pregas como pequenos acordeões. Por que Dona Maria não acredita em sua palavra? Não é tão criança, e três meses são três meses, e os enjoos, os vômitos… Para que tanto médico e tanta confusão, e gastar dinheiro só porque sim?

Pensa no olhar de Alzira, inesperadamente respeitoso ou com faíscas de uma depreciativa compaixão. E todos agitados e sentindo-se obrigados a mudar sua atitude com ela, salvo o pai, que trança e toma mate e observa os cavalos. Lembrar dele é como apagar a luz, tapar a cabeça com as cobertas e estar, por fim, em paz.

Lá longe, no caminho, esperam duas pessoas e até que o veículo não se detenha para que subam, cumprimentem os outros passageiros e se acomodem, as conversas também não seguem com a mesma tranquilidade.

Pelas janelas, o olhar corre pelo verde horizonte.

Talvez quando contar as coisas ao médico lhe sirva para que o pecado saia de dentro. Mas não. Ser médico não é ser padre. Que coisas é possível chegar a pensar!

Pelo espelho, Nefer observa as pernas do gordo da fazenda e a flor de prata da fivela que um casaco a cobre em partes. A fivela do Negro tem iniciais estilizadas de ouro e todo o cinto brilha com botões. Poucos são tão lindos. Quando menina, Nefer queria ser homem para luzir nas festas estes acessórios resplandecentes.

O ônibus vai diminuindo sua marcha e toca a buzina abrindo passagem diante de um rebanho de vacas. Os peões berram e galopam entre elas. Quando o veículo passa, os passageiros giram suas cabeças simultaneamente para identificar os vaqueiros. Depois comentam e supõem preços, origem e comprador.

A do assento de trás fala de Alzira com Dona Maria:

– Sobretudo – diz –, como eu digo: é uma menina linda que não se tornou orgulhosa nem mal-educada por isso...

Dona Maria baixa os olhos com uma mão de modéstia:

– Olhe, senhora – diz e move sua mão –, para mim, o mais importante é que é uma menina boa...

Nefer olha o campo e os bosques escuros e deseja que os sapatos machuquem muito sua mãe hoje.

Um carro toca a buzina atrás do ônibus e o ultrapassa.

– De "Santa Clara" – um diz.

– Aham. A Luísa com a tia, decerto...

– Três, eram...

– Irão às compras...

Nas margens do caminho, começam a ver casas e jardins decorados com palmeiras tristes. Quando entram na cidade, os passageiros preparam suas sacolas e as mulheres se penteiam. A parada final é à porta de um hotel.

Pelas ruas onde o sol golpeia e ardem as calçadas, caminham e caminham com um papel na mão perguntando para que lado, quantas quadras, e cada número que as aproxima é como um gole de água fresca e quando, por fim, veem a porta pintada de verde e a placa de bronze, algo nelas lhes parece irreal.

Uma menina escura com avental abre a porta e, quando entram na salinha, vários olhares se viram para vê-las.

"Talvez pensem que a mãe está doente. Mas, e então, por que eu viria? Talvez pensem que eu tenha uma doença qualquer."

Dona Maria diz boa-tarde, e esperam de pé, passando o peso de uma perna a outra, e suspirando de vez em quando.

Uma porta se abre estrepitosamente.

– O próximo! – chama o médico, que tem uma cabeça meio calva e se despede de duas mulheres. Um homem de terno requintado se levanta e o segue, e a indiazinha se aproxima a Dona Maria com um cartão na mão.

Enquanto sua mãe vasculha sua carteira, Nefer vigia o medo que renasceu dentro de si e sobe endurecendo seu estômago.

Quando o raio de sol que desenhava o telhado baixou para a parede, o médico abriu a porta e disse:

– Senhora.

Nefer acredita que o mundo acaba agora e que suas pernas não responderão, mas o corpo a leva para detrás de sua mãe, que cumprimenta o médico com muitas inclinações de cabeça. Ele as faz entrar no consultório e fecha a porta.

– Sentem-se. A senhora veio...

Dona Maria aponta sem olhar:

– Por ela...

– Aham...

O médico olha para Nefer:

– E o que é que ela tem...?

– Doutor, eu... Ela diz... – A voz de Dona Maria se quebra em um alarido e começa a chorar, enquanto seus dedos vasculham seus bolsos por um lenço. O médico lhe toca um ombro:

– Acalme-se, por favor – e se volta a Nefer –, o que lhe acontece?

Nefer vê as calças que roçam seus sapatos lustrados e abre a garganta:
– Estou prenha.
– Nefer! – protesta a mãe, e através do lenço soluça. – Ela diz isso. O senhor se dá conta...? E anda vomitando, mas eu digo que não pode ser... Mesmo que ela seja tão má... tão má...
– Vamos ver, tire isso – diz o médico.
O quarto se borra para Nefer e os detalhes ganham importância: o bordado do vestido, uma perna e o sapato, outra perna com seu sapato, o cabelo que se inclina em direção a ela, a mão seca e fria que tateia seu ventre.
O médico examina e se endireita, vai a uma autoclave buscar algo e uma luva de borracha que começa a calçar-se.
O tempo se detém na sala onde os olhos das mulheres evitam encontros e uma pia no canto goteja sem pausa.
Nefer vê que o médico unta com vaselina o índice da luva, e a alma lhe espanta e se encolhe em direção a outros mundos: se encontra lembrando do tecido de um vestido da infância, as florezinhas brancas de centro vermelho, o médico se aproxima e lhe fala, ela obedece, mas pensa em seu cavalo, Dona Maria está olhando tudo, seu cavalo tordilho que Dona Maria olha e o médico aqui com este cheiro de perfume, seu cavalo de pasto verde, quer dizer, seu cavalo comendo pasto, o pasto verde, por sorte descansando seu cavalo, não como Nefer, ai, este médico, este médico, como o odeia e também sua mãe e esse canário imbecil que pia e salta como se tudo estivesse lindo no mundo.
– Aham... – diz o homem e se incorpora – vista-se e saia um momento, está bem?
Nefer se veste com as roupas torcidas e sente que seus olhos não poderão voltar a se elevar.

O cansaço de sangue barroso volta a percorrê-la, e sai pela porta que o médico lhe abre até a salinha onde um velho o espera.

Talvez o médico diga que estão equivocadas e que Nefer não tem mais que fatiga e pena. Os olhos se aclaram só de pensar.

– Pode entrar.

Vê sua mãe com o lenço cobrindo o nariz, mas sabe que tem os olhos furiosos debaixo desse ar abatido.

– Como lhe dizia à sua mãe... – começa o médico.

Nefer não se interessa porque não compreende essas palavras, e baixando a cara, examina os sapatos vencidos de Dona Maria.

No bar que as persianas baixas escurecem, tomam um refresco sem falar. Nefer toma um gole e seus olhos caem sobre a mão de sua mãe apoiada ao lado do copo, e a vista dessa impavidez a enche de um silencioso desespero.

Detrás do balcão, um homem pede uns copos.

– Amanhã, já se acaba – diz Dona Maria.

– Quê...?

– Amanhã acabamos com tudo. Você vai ver.

Um temor novo se apodera de Nefer e subitamente sente que o inimigo que observa suas noites e seus dias se transforma em um aliado secreto. Cruza os braços com gesto taciturno.

– Comigo ninguém se mete... – diz.

Dona Maria a olha:

– Ah, não?

– Não.

Sabe que a raiva está por estalar em sua mãe e que só a presença do homem a detém.

– Está bem, estúpida...

Sem responder, toma outro gole.

O que a atormentava tornou-se seu amigo, seu mundo fechado que há dias lhe emporcalha com palavras e olhares. Em seu corpo, o sangue ganha fluidez, a boca se enternece. Já não está sozinha.

Dona Maria lhe parece intolerável e Nefer se levanta:
— Vou ao banheiro.

No espaço minúsculo, seu olhar opaco a surpreende no fundo do espelho. Passa as mãos por seus pelos descoloridos, belisca suas bochechas e sorri.

O barulho de um carro se escuta de fora e ouvem também dois toquinhos à porta.

Nefer explora seus braços fracos, o pescoço escuro e frágil, e, nas pontas dos pés, trata de se ver refletida, mas o espelho é pequeno e está preso muito alto. Então baixa as mãos por baixo dos ombros e suspira.

A lembrança do médico a detém e a vergonha queima sua cara. Ela o odeia, como o odeia, e sua mãe também, que olhava sua humilhação com esses olhos de pedra. Preferiria ficar neste banheiro fétido e caldeado a ter que voltar a suportá-la, e ao automóvel que, dentro de duas horas estará na porta do hotel, e a tudo.

Mas se cansa de estar de pé e sai até o bar. Na mesa, sua mãe fala com dona Mercedes e, mais distante, Luísa escolhe um lugar para se sentar. Dona Maria leva o lenço aos olhos, balança a cabeça, chora e segue falando. A gorda senhora Mercedes também cabeceia inclinada a ela e diz palavras.

Nefer retrocede sem deixar de olhar: sua mãe nega várias vezes e enxuga os olhos, e a patroa lhe apoia uma mão no ombro falando categoricamente. Depois a beija e se afasta.

Nefer então se aproxima, e mesmo sabendo que sua madrinha e Luísa a observam, finge não as ver para não ter que cumprimentar.

10 Leva o coração triste quando, com as alpargatas na mão, salta as poças e chega ao pé do moinho.
O dia todo a terra ardeu debaixo do sol, e agora a tarde se dilui em vinhos fracos. Pelo caminho se notam as marcas do automóvel que as trouxe da cidade. O tanque escorre uma chuva que refresca Nefer enquanto ceva com água a bomba e a aciona até que um vivo jorro sai iluminando e molhando seus braços e seu rosto e seu pescoço.
A água vai ressuscitando seus poros.
Outro dia teria se alegrado. Hoje não. Já seus descobrimentos do silencioso amigo se esfumou. Na viagem o trazia como um segredo, e quando entrou no quarto e se sentou sobre a cama, ainda o conservava.
Mas Alzira coseu o último botão em uma blusa cintilante e a provou diante do espelho. Nefer a olhava furtivamente e observou os gestos com que trazia o cabelo para fora da blusa, o meio sorriso com que se abotoava, os braços levantados e brancos.
O que é levar um amigo secreto? As outras meninas vão a festas com blusas esplêndidas e se olham satisfeitas no espelho, e ao casar, vão com seus homens a viver sozinhas, longe dos pais. Como pode se alegrar no banheiro sujo do bar?

Amigo secreto não existe. Semente triste que cresce e cresce sem piedade é o que leva dentro, não amigo secreto.

E pensar que sua mãe tinha oferecido...

Põe um pé no primeiro degrau do moinho; suas mãos e seus pés se alternam na subida e quando chega ao topo, passa as pernas por uma viga e se senta. Vê as ovelhas voltando em filas entre os fenos, e uma bandada se afasta no céu como uma silenciosa flecha pelas nuvens avermelhadas.

Pensar que Dona Maria tinha dito...

Prudentemente começa a baixar. Depois caminha até a casa onde o rádio fala e Alzira prepara a comida, porque sua mãe se atirou na cama invocando seus pés.

Nefer se assoma no quarto.

– Mãe...

– Quê.

– Estava dormindo?

– Não. Que foi?

– Você...

A mãe suspira com violência, se endireita e acende uma vela. Depois escuta com gestos de paciência excedida.

– O que você quer? Para que tanta volta? Se você tem algo para dizer, que diga, e se não...

– Mãe, você hoje disse que... que amanhã ia... tirar tudo...

– Eu...? Eu disse de raiva, mas não é possível fazer isso, a polícia te leva presa.

– A polícia? E a senhora Lola, como não a levaram; e a Paula...?

– Bom. Não é possível fazer. Anda.

– Mas você disse...

– "Você disse, você disse", e você, o que você disse...? Se lembra o que disse? Sim ou não? "Comigo ninguém se

mete", isso disse, ou não? Bom, agora se vira. Quem andou se divertindo é que pague...
— Não. Não. Eu não vou me virar sozinha, vou a casa da velha Borges, se você não me ajudar, vou a casa da Paula, ou se não, vou me matar, para que você fique feliz. Você quer que eu morra, não é? Isso. Vou me matar, e vão levar você presa igual. Vai ver... vai ver...
— Não seja estúpida! Cala a boca! Está ouvindo? Ou você acredita mesmo que somos idiotas? Você já vai ver como tudo vai ser arranjar... mas cala a boca! Não grita! E anda daqui e que eu não volte a ver sua cara...!

Nefer fecha a porta com força e sai urrando.

Da porta do quarto de Juan se projeta um quadro ao chão. Nefer se detém e o vê apanhar o quadro, com o violão ao lado.

Ele levanta os olhos:
— Oi...

A cara de Nefer parece terra.
— O que você está fazendo...? — pergunta.

Juan alça um botão de prata:
— Seu pai me deu isso.
— De presente?
— Aham.
— E você está costurando?
— Sim.

Então vê que tem um cinto sobre os joelhos e que está costurando um botão com cuidado e delicadeza.
— Você tem vários?

Juan levanta o cinto.
— Por enquanto, cinco, nada mais que isso, mas vão crescendo.
— Por que não coloca dez botões e depois vai mudando eles pouco a pouco?

81

— Eu não gosto.
Faz um silêncio e ele diz:
— Você esteve na cidade...
— Sim...
— Voltaram de carro, é?
— Sim.
— Anda rápido?
— Regular.
— Ah...
Nefer rasca o piso com o pé:
— Guri...
— Sim?
— Você se lembra que me perguntou se eu queria ajuda?
— Aham.
— Ninguém pode me ajudar.
— Sua mãe disse a seu Pedro que já estava tudo arranjado...

Os dois se ruborizam. É a primeira vez que surge o assunto e Nefer não sabe até que ponto Juan está inteirado.

— Que disse...? — pergunta.
— Eu estava no galpão e ouvi que sua mãe lhe dizia a seu Pedro que a patroa ia dar um jeito no seu assunto. Assim disse.
— A patroa?
— Sim.
— Mas como?
— Não sei não...

Nefer lembra de sua mãe dialogando com Dona Mercedes na mesa.

— Mas, e o que vai fazer a patroa?
— E... eu que sei?
— E minha mãe não pode fazer nada melhor do que contar a quem quisesse ouvir.

Juan assente com timidez. Nefer olha para o chão.

– Bom... tchau... – murmura.
– Tchau, guria.

Quando passa pelo pátio com uma cesta de roupa lavada e torcida em frente ao quadril, Nefer vê seu Pedro que tosa as crinas desembaraçadas de um cavalo. Então se para e repousa a carga no chão.

Ela observa a suave luta das orelhas que vão e vêm fugindo da tesoura, e seu Pedro, que ao terminar a tosa, cospe em suas mãos, se agacha e corta os cascos com breves golpes. Cada vez que o aço divide um pedaço, este cai e morde a terra. Esses ruídos, esses trabalhos pulcros tranquilizam Nefer. O sol pesa docemente em seus ombros.

Seu Pedro se desliza para o lado oposto e com cautela trata de repetir a operação, mas o cavalo não se deixa aproximar e movimenta as patas, inquieto.

Nefer segue a cena apaixonadamente. Seu pai fala com o cavalo e o acaricia até amansá-lo. Logo, diz em um tom baixinho:

– Alguém que não sabe, pode até dizer que é manha... Mas não se deve falar de algo que não se conhece...

Ela assente em silêncio; ambos sabem que o animal ficou assustado porque já ficou preso em um arame de lança.

– Sempre é assim... – diz seu Pedro. – Não se pode falar assim, sem mais nem menos... Muitas vezes não é nada além de questão de má sorte...

Nefer sente que o coração lhe salta e um golpe de lágrimas a enceguece. Abrindo muito os olhos, luta para que não se derrame, e só depois nota que seu Pedro segue trabalhando.

– Não é assim? – murmura ele.
– Aham...

– Por isso, quando as coisas se colocarem ruins, não há que piorá-las... Mais vale seguir adiante, seguir...

Nefer olha para o pai escuro, inclinado debaixo do chapéu. Faz-se um silêncio e ela vacila. Depois sussurra:

– E quando passam coisas...

– É...?

– E quando acontecem coisas... que vão vir...

– Não é para tanto... Tudo acontece e depois está.

A ternura a aquece e por um instante, sua angústia se dissipa. É fácil a vida assim. É quase fácil.

Dona Maria se assoma e a chama.

– Ainda não pendurou a roupa...

– Não.

– Esta tarde não saia. Teremos visitas. Vista-se como gente depois da sesta.

– Mas se tenho que...

– Juan vai fazer. Pendura a roupa.

– Que visitas?

Mas sua mãe já não está. Seu Pedro leva o cavalo a passo lento, e afastando-se, o ata à sombra de uma árvore.

Mesmo que tenha se rebelado. Mesmo que tenha decidido não dormir nem se vestir "como gente". Mesmo que depois de almoçar, foi sonolenta caminhar até o bosque e se cravou um espinho e ficou examinando uma teia de aranha, quando voltou, a sesta ainda seguia, e o sono a vencia. Dormiu dez minutos e agora veste uma roupa boa. Alzira está mal-humorada e não se atreve a interrogá-la sobre as visitas.

Sai, e sentada em um banco, olha sem pensar nas formigas que saqueiam uma folha de malva.

Essas visitas devem ser a patroa com um médico ou com uma enfermeira, uma enorme enfermeira de coque duro e sapatos fechados como viu há uns anos no hospital. A ideia de se ver livre volta a entristecê-la. Não a alegram eles com suas mãos alheias que vêm para se intrometer e manipular ao silencioso que ocupa seus dias.

Mas é outra vez sonsa de pensar nele como um amigo. O que tem na cabeça? Não é um amigo, mas uma carga, já sabe que é uma carga, mas por que depender dos outros, esses que vêm vê-la, falam e resolvem com suas grandes caras de circunstâncias?

Bom, mas seja como seja, se ver livre, se ver livre disto.

Como, não disse Dona Maria que a polícia a leva presa...? As coisas escondidas não devem ser feitas, de acordo com os patrões, porque eles não ficam sabendo. Os patrões e as polícias têm ideias parecidas.

Não. Se equivocou. Como não se lembrou antes? Sua madrinha disse que abortar – essa é a palavra – era pior que um crime, porque é matar a um ser que não pode se defender. Tudo bem que faz tempo que disse, mas volta a ouvi-la: "Por que não conhecemos sua cara não nos dói matá-lo?".

Então não vem com médico.

Agora que sabe, uma grande decepção a corrói.

Mesmo que já tivesse se decidido se defender deles. Mas pelo visto desejava se ver livre. Bom. "A patroa vai dar um jeito no assunto." Mas e se não traz um médico, como vai dar um jeito?

De repente, já sabe. Os lábios se cerram. Sabe, mas não falará; não falará nada. Vai trazer o padre. Será inútil que venham. Vai trazer para que ela se confesse. Sim, mas se equivocam. Dona Mercedes e o padre, e ela cumprimentando, e Dona Mercedes deixando-a sozinha com o padre para que confesse, sim, mas ela não... Bom. Vai se confessar. Sim, e o pecado vai sair dela.

Mas, e o outro? O outro não vai sair, ele diz, com uma confissão.

A isso chama sua madrinha "arranjar tudo".

As formigas terminaram com a folha de malva. Pelo portão se ouve um ruído de um carro, e antes de pensar, Nefer está de pé e corre até o bosque. Vê, entre as folhas das árvores, portas e rodas. Passam e desaparecem quando o ruído surge perto da cozinha.

Estica o ouvido e é como se visse sua mãe, cheia de pó de arroz e gorda, torcendo o rosto para cumprimentar o padre. Ah, ter um cavalo e escapar para sempre.

Apoia a face em uma árvore e espera.

Mas seu Pedro há de estar ali também, sentado muito cortês e desejando que Nefer apareça. Para que passe um tempo antes de decidir, examina os galhos. Por ele, ela vai.

As mãos suam quando se aproxima. Quer ouvir sem ser vista a voz de sua madrinha como uma golfada ácida, a da mãe torna-se suave, a do sacerdote, sobretudo, a voz do sermão que golpeava as paredes da capela.

Mas não há voz do padre e a cozinha está calada. A patroa diz de repente:

– E que opina sobre o tempo? Choverá?

Alguém responde rápido. Outro silêncio passa e Dona Mercedes volta a falar:

– Que lindo calendário! Antes havia um com uma ciclista horrorosa. Este, sim, eu gosto bastante.

– Ah, sim – diz a mãe –, este me deu a sementeira, me deu de presente.

– Ah... e me diz, Dona Maria, estas fornalhas dão bom resultado?

– E... sim, senhora, são boas, são... como não seriam... Pelo menos para mim, andam muito bem.

Uma nova voz diz, grossa de tabaco:

— Estas chaminés são as melhores. Sugam muito bem... se me permite, vou vê-las...

Não conhece essa voz. Será o médico? O padre não é. Sente medo; talvez tenham vindo para levá-la a um hospital com grades e paredes cinzas.

A voz diz às suas costas:

— Tardes...

Ao virar, seus olhos tropeçam em um peito e sobem até a cara onde um bigode reina. Tarda um instante em reconhecê-lo.

Nicolás, o que trabalha nas linhas do trem, estende uma mão torpe:

— Tudo bem...?

— Bem...

Faz um silêncio e ele indica o teto:

— Saí para olhar a chaminé...

O gesto fica ao meio do caminho. De repente, ele diz:

— Que milagre, não? O que é a vida...

— Quê?

— E... que nos encontremos hoje, depois de tanto tempo...

Nefer levanta os olhos e descobre o seu olhar percorrendo o seu ventre. Como um golpe, à noite, o cheiro de vinho, as arcadas, voltam a ela. Não é lembrança, mas uma revida o que a inunda.

Ele diz com uma voz grossa apressada:

— Escuta...

— Quê.

— Você tem certeza de que sou eu, não é? Porque se não... tem certeza?

Nefer encolhe os ombros. Por um instante está tentada a fingir que ignora o assunto a que ele se refere. Como ele sabe, ele? Mas responde sem olhar:

— E se não...?

Depois de um silêncio, o homem ri:
– Como são as coisas... o que é a vida... – E cospe.
Nefer sente o calor do sol no teto vizinho de palha. Murmura:
– Por quê?
– Como por quê? Quem ia dizer que nós... que dentro de pouco... muito pouco, não...? Que vamos casar... quem diria?
Nefer levanta os olhos e percorre seus pômulos ruborizados, a testa, os bigodes caídos. Ele apoia uma mão na parede.
– Se você é boa e trabalhadora, eu não me importo com mais. Eu sou um bom tipo também. Às vezes me enraiveço, mas depois passa... Logo vai saber, não? Estou trabalhando como açougueiro lá, com facas, serras, cutelos... Não vai poder ser melindrosa só porque às vezes tenho os braços ensanguentados até aqui... Mas a questão é que lá estamos na cidade, e afinal, você vai estar melhor que aqui... Mas você ainda é uma garota, né? Quem ia pensar... E bom, guria, vai me perdoar, o vinho é o vinho... E afinal, afinal, tão mal você não passou, não é? Digo eu...
Pisca com um olho rindo e se coça a nuca.
– Mas... quem diria...? Eu, que toda a vida fui louco pelas mulheres grandonas, galegas, e me acontece isso. Como são as coisas... me caso com uma pirralha moreninha. É um mistério...
A madrinha se aproxima piscando os olhos por causa do sol.
– Nefer... Mas quê? Se encontraram aqui? Por que não entram, já que faz calor?
Na cozinha não há ninguém além de sua mãe que ceva o mate e o passa a Nicolás:
– Sirva-se.

– Perdoe-me, senhora, é amargo?
Dona Maria se ruboriza porque sua homenagem de açucará-lo é proclamada:
– Não... É doce.
– Ah... então sim, porque eu, não sei por que será, mas o mate, eu tomo doce. Não sou um crioulo verdadeiro nesse assunto...
Lança uma gargalhada e traga com ruído.
– Nefer, querida – diz a madrinha –, por que não vai buscar seu pai, que quero lhe falar?
Caminha com lentidão e o cachorro a acompanha. Não tem voz para chamar e o busca com os olhos.
Na penumbra do galpão, seu Pedro trabalha tirando loncas: sujeita a tira de couro com uma mão e a faca esfola a lonca que se enrola como uma raizinha branca.
– O que está fazendo? – murmura Nefer.
– Trabalhando, parece...
– Estão te chamando...
– Me chamando.
– Sim, Dona Mercedes...
– Aham.
Seu Pedro observa a lonca e começa outra.
– Vou ter que ir, agora...
Nefer se pergunta se estará inteirado. Ele enrola na mão as loncas, as guarda e faz um suave gesto de resignação.
– Vou ter que ir, então...

11 Olha, flácido no cabide, o vestido que Luísa mandou, branco e gasto de uso. Depois, observa a sua mãe que enche com roupa nova e velha a maleta, e sua irmã, que veste sua blusa brilhante.

No horizonte azul se vê o girar do moinho.

Nefer desdobra o papelzinho. É tão grande a letra de sua madrinha que a carta parece gritar em vez de falar:

"Eu estarei ali. Lembra que o matrimônio é um sacramento. Se você quiser confessar, o padre é muito bom e eu já falei com ele..."

Quando coloca o vestido, trata de não se ver ao espelho. A mãe o enlaça e com um cinto grosso tenta acomodá-lo em sua medida, mas a bainha lhe toca e faz cosquinhas nos tornozelos.

— Não faça essa cara. Não seja parca. A moda é roupa larga e o tecido tem uma qualidade...

O pescoço lhe surge desamparado e escuro.

Depois caminha sem rumo pelo sol. Olha para o tordilho sonolento no curral e a grande planície trêmula onde chilreiam os quero-queros. Juan chega trotando e, ao cumprimentar, Nefer desvia seus olhos do vestido.

— Toma — diz —, não tenho outra coisa.

É um botão de prata em forma de margarida.

– Não – murmura Nefer. – Melhor; coloca no seu cinto.
– Isso não se faz. É um presente. Leve-o.
Nefer olha para a flor que reluz em sua mão.
– É o único presente que eu gosto...
– O que mais deram?
– Este vestido e um jogo de xícaras.
– Não o perca então. Tchau.
Bate com os calcanhares no cavalo e parte, mas vacila e se detém.
– Bom – diz. – Boa sorte. Tchau, guria.
– Tchau.
Com a flor apertada entre os dedos, Nefer se vira em direção à casa. Seu Pedro, com seu traje de domingo, está dizendo:
– Se querem chegar à estação de trem, temos que ir.
Pensa que é muito alta a roda para subir com essas pernas na carroça que o cansaço as pesa. O sol faz brilhar a blusa nova de Alzira.
Ir em carroça é como voar baixo: o campo se vê de cima enquanto as tábuas rangem. Seu Pedro leva as rédeas nas mãos inertes; a seu lado, vai Nefer, imperturbável. Empolada, a mãe recolhe os pés e suspira, e mais atrás, desmilinguido e ofegante, Capitão corre e para em alguns trechos para beber água das valas.
Em frente ao bar, dormita o cavalo de Negro.
Nefer não olha. Olha suas mãos sobre o vestido branco que o pó da terra nubla.
Quando o trem chega à estação, sua mãe a empurra e depois também sobe com esforço. Desde outro assento, um homem cumprimenta seu Pedro que se aproxima para conversar. Sua voz se funde com a do trem, mas alguns pedaços de conversa chegam aos ouvidos de Nefer.

– Eu pensei: se vendo, saio perdendo, então mais me vale plantar agora, e depois da colheita, já veremos...
   Nefer olha para a tampa de sua maleta e para o plano aberto atrás da janela suja.
   – A colheita. Todas as colheitas eu verei casada.
   Em frente a ela, sua mãe adormece.

Este livro foi composto em ITC Berkeley Oldstyle
Std no papel Pólen Bold para a Editora Moinhos
enquanto Thelonious Monk tocava *I Surrender, Dear*.

*

O Brasil continuava a fingir que tudo ia bem.